菩提系列散文 之六

清凉菩提

林清玄 著

作家出版社

（京权）图字：01-2017-3108

图书在版编目（CIP）数据

清凉菩提 / 林清玄著 .—北京：作家出版社，2017.11（2019.2重印）

（林清玄菩提系列散文）

ISBN 978-7-5063-9450-5

Ⅰ.①清… Ⅱ.①林… Ⅲ.①散文集—中国—当代 Ⅳ.① I267

中国版本图书馆 CIP 数据核字（2017）第 079921 号

本著作物经厦门墨客知识产权代理有限公司，由九歌出版社有限公司授权作家出版社，在中国大陆出版、发行中文简体字版本。

清凉菩提

作　　者：林清玄
责任编辑：省登宇
助理编辑：张文剑
装帧设计：粉粉猫
出版发行：作家出版社
社　　址：北京农展馆南里 10 号　　邮　　编：100125
电话传真：86-10-65930756（出版发行部）
　　　　　86-10-65004079（总编室）
　　　　　86-10-65015116（邮购部）
E-mail:zuojia @ zuojia.net.cn
http://www.haozuojia.com（作家在线）
印　　刷：北京明月印务有限责任公司
成品尺寸：142×210
字　　数：130 千
印　　张：5.5
版　　次：2017 年 11 月第 1 版
印　　次：2019 年 2 月第 3 次印刷
ISBN 978-7-5063-9450-5
定　　价：35.00 元

目 录
CONTENTS

1

自　序

1

有一天，佛陀走到菩提树下，对自己说："如果我不能得证，就不起此座！"

然后，他坐在菩提树下，接受了魔王及内心的严格试炼，经典上说，他进入禅定三昧，经过七天七夜的时间才从三昧中张开眼睛，他已彻底地觉证到生命的实相。

张开眼睛那一刹那，佛陀正好看见天上一颗明亮的星星。他感慨地说："奇哉！一切众生都有如来智慧德相，只因妄想执着不能证得。"

悟道时的佛陀，内心明澈剔透有如月光下的大地，那样温柔而明亮，但是他心里想："我所悟到的实相，是其他众生不能体悟的，我也无法把我证得的经验传授给别人！"他迟疑了一下，仍然决定努力把自己的经验传达给众生，因为在他的体证里，"佛陀正是每一个众生，众生都是佛陀！"

我爱读佛陀的传记，时常思及佛陀在菩提树下的情景，每次想到他张开眼睛看见星星的那一刹那，心里就充满感动，仿佛见到了自己的内心也有一颗明亮的星星。

尤其是在深夜的街头，与拥挤的人群擦肩而过，然后站在红砖道上，安全岛上有在车阵飞驰中依然安静的菩提树。抬起头来，满天的星星都在眨眼睛，我就想：这天上的星星有一颗是照耀过佛的眼睛吧！现在那颗星星还照耀着我，照耀着这个世界，这满天的星星里，到处都是佛陀充满慈爱与悲悯的目光吧！

有一次在海边的巨石上盘腿看星，星星格外明亮，伸手可及，我感觉到星星非常温柔，与佛陀所见的昔日星星一样温柔。那时心情绵密而感性，使我从星星里几乎可以感受到佛看见星星时也是很感性的，然后我知道佛陀看见星星有其必然，是一种透彻实相以后感性之必然。

星星是静静地挂在空中，却好像带着声音，是早晨的幽远之钟，也是静夜中雄浑的鼓声，有着清脆的节奏与闪耀的声息。

我是不是有一天也能像佛陀一样，看见那样的星星呢？

佛陀的开悟是真实般若智慧的呈显，星星却是绝对智慧中感性的闪烁，这看见星星的感动，正是大乘佛法里最动人的刹那。佛陀看见的星星，使我知道了，学习佛法的人不能只有知性，也应该充满了清明的感情，我们在仰望天星的那一念顷，若不能看见浩渺宇宙中众生心里的明亮，如何能进入大乘的阶梯呢？我们在街头与人擦肩而过，若不能观照到众生都是星星一样，又如何有真实的慈悲呢？我们若连自己心里星星一样的光芒都无法照及，又如何放射自己的光亮呢？

佛陀所见到的一颗星星，并不是有限的一，它不只是普通的星星，而是有许多超越的心思存在其间，是直观，充满了象征。

我们学佛，认清佛陀的教义固然重要，亲自去体验佛陀曾经体验过的更为重要，这种体验的本身就是相当感性的。

就以一颗星星来说吧！我们知道了佛陀夜观明星，那么，我们不管在何时何地看到星星，心情就完全不同了。就像我们知道佛陀曾在菩提树下解决了生死问题，那么，即使台北那些营养不良的菩提树，在我们眼里也都展现了不凡的风格与庄严的实相了。

2

我的文学写作也是充满了感性，那是我在心里恒常亮着一颗星星。

我的写作，有时不是在选择一个题材，而是有一颗星星呼唤着要出来，有如夜色中呼之欲出的一丝光明。因此，可以这样说，当我把稿纸打开的时候，文章已经完成了。

我的文章不是我的，它有自己的生命，有如空中的飞鹰、林间的百合，或山里的溪河，它顺着环境形成一种风格，风格与风格间可能没有什么关系，唯一的关系，就是自然的形成罢了。我从未努力经营我的文章，只是让心里的感动如泉水般涌出来，好像清晨的树叶闪着露水，或是被阳光照耀的牵牛花突然开放了动人的紫色。

秋天的时候，我走进乡间的林野，看到菅芒花与香茅草都自由自在地、没有忧心地、无牵无挂地开放了。看着那白茫茫的一片芒花，使我想到满天的星星，然后我就在林间的小路上奔跑起来，好像一个未经世事的赤子，自在，没有忧烦。

跑累了，我就坐在绵绵的杂草上歇息，看着被风吹起的菅芒花种子，满天飞舞，美丽得像星星。

只看着菅芒花那样简单地生活着，我就充满了感动，生活里事实上充满了这样的感动，一片掉落的枯叶脉络，一颗被溪水冲圆的卵石纹理，一轮偶然从乌云中破出的孤月，一株被踩扁又挣扎站起来的小草，一片刚刚飘落拾起来还带着香气的花瓣……但愿每天都有一些小小的感动，小小的悟，它们随着风飘进我的心窗，又随风从另一面窗飘出，落入别人的窗口，有如菅芒花落在大地一些连它自己都不可知的地方——这，就是我的写作吧！

3

我想起佛菩萨对待我们，就像微风对待山野里的菅芒花，轻轻地、高远地、广大地、柔和地吹拂着，不管种子有没有成熟，它不断地吹，成熟的种子自然会飞扬起来。

那一阵风里，有一个声音说：来呀！到我的净土来！

芒种就这样去了净土。

但是，我们不像芒种那样单纯。

我们的意识抬起头来说："不行，我不能这样去净土，我要打扮打扮，穿上一件光鲜的衣服，我一定要做一些配得上净土的事情，才有资格去。"

其实，我们要做的不是这些，只是准备好成熟的种子，让风吹送罢了。我就要这样得度，我就要这样去净土，我要像菅芒花接受风一样，完全彻底地接受佛的慈悲。我只要把心张开，没有一丝疑惑地接受佛菩萨，就是这样子去！

看着那菅芒花，它在空中是多么轻快，姿势是多么优美，因为它有信心，不管在多恶劣的环境里，只要是秋天它都会一样飞扬，在它的心里，根本没有不好的地方，天下无不是净土。

可是，立刻我会想，我虽然充满了信愿，在生活里却还是有着微细的忧心与不安，有不能放下的事，看到不平的事仍然心如刀割，在人间的苦难中也会泪如雨下，那时我知道，有时我简直不如一株风中的芒花，不如一朵矮篱前的雏菊，或不如一只在树上吃木瓜的松鼠，它们不为昨日不安，也不为明天忧虑，它们只是，努力地生活，在今天，在当时当刻。

我知道，如果我还有一点点忧虑与不安，不论它是多么微细，有如青空还有一片云霞，我都还没有达到绝对的境地，我还是这样的不完全呀！

我所崇敬的宗萨蒋央钦哲仁波切说："我们总是准备着去活，却从未做到这个'活'。"反过来说，如果我们总有不能排解的忧虑与不安，这是我们从未准备去死，却一直往死亡迈进。

"活"的本身，是带着觉醒，从日常生活中转过身来，穿过了意识的相对，有着知性的内证经验与感性的清明胸怀，就好像把一本书打开，单纯、明朗，有着绵绵不绝的力量。

活，是生活！是实践！是体验！是纯然而深藏的悟！

伟大的大慧宗杲禅师说："今时学道人，不问僧俗，皆有二种大病：一种多学言句，于言句中作奇特想。一种不能见月忘指，于言句悟入，而闻说佛法禅道不在言句上，便尽拔弃，一向闭眉合眼，做死模样，谓之静坐、观心、默照，更以此邪见，诱引无识庸流曰：'静得一日，便是一日功夫！'"

学佛的人不能期望有一个理想的环境，或期待躲在蒲团上，就像芒花飞扬，它知道世界上没有一个理想的环境，它只是努力地开放、爆开，等待风来的时刻。

要像那样，痛快、积极，而且珍惜人世。

4

每一天，或者说每一个今日，都是或悲或喜。

前几天，我路过台北东区的暗巷，突然有一条狗跑出来对我狂吠，我停下来与它面面相看，最后它叫得无趣，就摇摇头走了。

那一天晚上我坐在寒夜的窗口，心里充满了惭愧与感伤，想起《妙法莲华经》里有一位"一切众生喜见菩萨"，所有的众生见到他都起欢喜心，即使最邪恶的众生见到他都能升起心中的清净。这使我知道，自己离圆满的人生境地仍然是很远的，更不要说菩萨的境地了，在黑夜里孤单的小狗都不能因见我而有喜心，甚至对我狂吠，想起来几乎要让人落泪。

我还要更谦下一些，使忍辱成为可能，使无限的包容成为必然！

我的文章，我使自己清净的历程还是如此渺小的呀！但是我并不害怕这种渺小之感，渺小使我知悉了宇宙之大，渺小使我能常葆精进之力去创造一点点伟大。我也不畏惧人间的苦恼，因为我有这样的认识：任何众生都会遭遇到的苦难，我也可能遭遇；众生会流的泪，我也会流；众生觉得难以承受的生命之碾压，我也会承受。

重要的是，在三界火宅里，我是不是有源源的清凉甘露？在冰天雪地的历程，我是不是有不熄的熊熊烈火？在无边的黑暗长夜，我是不是已点燃了一盏明灯？

让我每天都有一颗星星吧！

我的星星，或都说我的文学，希望经这热恼的人间带来一丝清凉。

那清凉也许不多，也许轻轻掠过，也许不足以解渴，也许朝露一样很快地蒸散，但就让我们敞开心灵，品味那一丝清凉，就像有时我在山林里走累了，采下一朵牵牛花含着花中的一点蜜汁，或是咀嚼酢浆花酸溜溜的果实，感受到微细的清凉，使我觉得可以再走很长的路，而不感到口渴了。

深夜里，我写着微不足道的生活与学佛的一些心情，一些欢喜与忧伤，那就像我走到院子，看看天上的月亮或星星，看到它们那么沉默、那么温柔，为什么能让千千万万人感动呢？它们的力量源自何处呢？后来我才知道，它们之所以令人感动，之所以有鼓舞人的力量，是因为人人心里都自有月亮与星星。

我是那样确信人人的心里都有明月、都有星星，这是我的文章存在的理由，是我一直写下去的信念。

5

我们的生活固然充满了惊心与溅泪的历程，但生命的滋味有时不必惊心或溅泪才有。

有一天寒流来袭，我偶然开车从二桥要到大溪去，是黄昏的时候，天已近全黑了，寒风不知何时吹起，令人感到格外寒冷。

这时看到路边亮着一盏灯，冒着热腾腾的烟气，我看到一家小摊，上面写着稚气的黑字："阿郎豆花"。我立刻停车下来，阿郎想必是正对着我微笑的这位了，满口因嚼槟榔而红掉的牙齿，还有一双粗大的手特别醒目。

我叫了一碗热豆花。

阿郎说："要不要加一点姜母汁？我的姜母汁很浓，饮了会喷汗的。"

"好呀！"我说。

滚烫的豆花很快地送到面前，因为风大，热气显得更飞扬，我和几位刚从瓷器工厂下工的工人，一起蹲在屋檐下，一匙一匙小心翼翼，深怕烫了嘴地喝豆花。果然，阿郎的姜母汁很够劲，我的汗水很快就冒出来了，等吃完豆花，早已满头大汗，通体都是热气。

问知阿郎每天工厂下工的时候，都会到同一个位置卖豆花，我就带着愉快的心情离开了，觉得那一碗十块钱的豆花在寒气中饮起来，滋味要胜过任何山珍海味。

后来，一有空，我就会去喝阿郎豆花，使我们竟立刻熟识了，好像很久以前的朋友。

有时候去喝豆花，他没有出来卖，就令我有怅然若失之感，一如寻好友不遇。

过了很长的时间，我们都维持着平淡而温暖的情谊。

有一阵子，几次我想去吃豆花，都没有遇见阿郎，使我在长夜里时常感到忧心。经过几个星期，阿郎出现了，开朗、纯朴一似往昔。

"好久没有出来卖了？"我忍不住问他。

"回去下港故乡，看看家里的人。"阿郎边挖豆花边说。"下港"，就是"南部"的意思，是北部的台湾人对南方的称呼。

"你也是下港人呀！你的故乡在哪里呢？"我感到很好奇。

"我是旗山人。"阿郎说。

"旗山"这两个字使我震了一下，因为那正是我的家乡，阿郎看我怔住了，补充地说："是高雄旗山，那个种了很多香蕉的地方呀！"

"我知道，我也是旗山人！"我说。

这一次换阿郎怔住了，我们两人都同时长长地叹口气。

像我和阿郎这样偶然的相遇，不足以令人惊心溅泪，却是生命里的真实情境，使我们感到欢喜、感到有滋味、感到云虽淡风虽轻，却有动人的风采。

我想起曾在一家庙门口看到的偈：

心安茅屋稳，

性定菜根香；

世事静方见，

人情淡始长。

我的文章，我在生命中的成长，不一定非要用溅泪的方式，才让人惊心地知道，我只要淡淡的，正如寒夜里看到小摊的灯光，停下来，喝一碗热腾腾加了姜母汁的阿郎豆花。

冒一些汗水，有小小的温暖，生命的勇气有时是由这些极淡远的幸福所带来的。

6

这一册《清凉菩提》是近一年我对生命的感悟，本质上虽是"菩提系列"的继续，在风格与观照上，是与从前有一点不同了。

好像华严狮子，一步一步往前走，每一步都留下一些脚印，这是十分自然的发展。

我在生活里学习佛法，学习着把人人都看成是纯洁的，我希望每一位与我相遇的人，我都看到他的好品性，用他们的好品性来提升我；我也学习着把我遇到的每一事物，都看成对我有益，用这种有益来使我走进菩提性海里清净空明的世界。

就像从前有一位大官问马祖道一禅师是否可以饮酒吃肉？

马祖说："饮酒吃肉是你的禄份，不饮酒吃肉是你的福气！"

这确实是生活里的伟大教化，我们在生活中的或悲或喜都是我们的禄份，只是我们应在这样的禄份里创造一些福气罢了。信仰，就是如实地接受生活本身，随缘消旧业，任运着衣裳，如是如是。

我但愿在承受生活的苦乐时，也能把福气回向给众生，而把苦汁留下来给自己独饮。如果这本书有任何功德，我愿将一切功德回向给所有饮着生命苦汁的众生。

最后，让我们随普贤菩萨来发愿：

愿　礼敬诸佛

愿　称赞如来

愿　广修供养

愿　忏悔业障

愿　随喜功德

愿　请转法轮

愿　请佛住世

愿　常随佛学

愿　恒顺众生

愿　普皆回向

林清玄

一九八九年一月

于台北桥仔头客寓

"菩提十书"新序

——致大陆读者

一花一净土，一土一如来

三十岁的时候，在世俗的眼光里，我迈入了人生的峰顶。

我得到了所有重要的文学奖项，我写的书都在畅销排行榜上，我在报纸杂志上有十八个专栏。

我在一家最大的报社，担任一级主管，并兼任一家电视台的主管。我在一家最大的广播公司主持每天播出的带状节目，还在一家电视台主持每周播出的深入报道节目。

我应邀到各地的演讲，一年讲二百场。

"世俗"的成功，并未带给我预期的快乐，反而使我焦虑、彷徨、烦恼，睡眠不足，食不知味。

我像被打在圆圈中的陀螺，不停地旋转，却没有前进的方向，也不知道什么时候会倒下来。

有一天，我在报社等着看大样，发现抽屉里有一本朋友送我的书《至尊奥义书》，有印度的原文，还有中文解说。

随意翻阅，一段话跳上我的眼睛：

"一个人到了三十岁，应该把所有的时间用来觉悟。"

我好像被人打了一拳，我正好三十岁，不但没有把所有的时间用来觉悟，连一分钟的觉悟也没有，觉悟，是什么呢？

再往下翻阅：

"到了三十岁，如果没有把全部的时间用来觉悟，就是一步一步地走向死亡的道路！"

我从椅子上跳起来，感到惊骇莫名，自己正一步一步走向死亡的道路还不自知呀！

从那一个夜晚开始，我每天都在想：觉悟是什么？要如何走向觉悟之路？

一个月后，我停止了主持的广播节目和电视节目，也停止了大部分的专栏。

三个月后，我入山闭关，早上在小屋读经打坐，下午在森林散步，晚上读经打坐。

我个人身心的变化，可以用"革命"来形容，为了寻找觉悟，我的人生已经走向完全不同的路向。

走上独醒与独行的路

那一段翻天覆地的改变，经过近三十年了，虽说已云淡风轻，但每次思及当时的毅然决然，依然感到震动。

我的全身心都渴求着"觉悟"，这种渴求觉悟的内在骚动，使我再也无法安住于世俗的追求了。

虽然，"觉悟"于我只是一个模糊的概念，分不清是净土宗觉悟到世间的秽陋，寻找究竟的佛国，或者是密宗觉悟到佛我一体的三密相应，或者是华严宗觉悟到世界即是法界，庄严世界万有，或者是天台宗觉悟到真理是普遍存在的，一色一香，无非中道！

我的"觉悟"最接近的是禅宗的"顿"，是"佛性的觉醒"，是不论我们沉睡了多么长的时间，醒来都只是短暂的片刻。

很庆幸，我在三十岁的某一个深夜，醒来了！

也就是在那个醒来，我开始写作第一本菩提的书《紫色菩提》，我会再提笔写作，是因为"佛教的思想这么好，知道的人却这么少"，希望用更浅白的文字来讲佛教思想。

其次是理解到，佛教的修行不离于生活，禅宗的修行从来不是贵族的，它自始至终都站在庶民大众的身边。它的思想简明易懂又容易修行，它不墨守成规，对经论采取自由的态度。

自从百丈之后，耕田、收成、运水、搬柴，乃至吃饭、喝茶，禅的修行深入于生活的每一个细节。

如果能在觉悟的过程，将生活、读书、修行、写作冶成一炉，应该可以创造一些新的思想吧！

我的"菩提系列"就是在这种心情下开始创作的，我的闭关内容也有了改变，早上读经打坐，下午在森林经行，晚上则伏案写作。

经过近十年的时间，总共写了十本"菩提"，当时在台湾交由九歌出版社出版，引起读书界的轰动，被出版业选为"四十年来最畅销及最有影响力的书"。

后来，授权给北京的作家出版社，出版了简体字版，也是轰动一时，成为许多大陆青年的床头书。

三十年前，我的人生走向了一条分叉的路，如果在世俗的轨道继续向前走，走向人群熙攘的路，会是如何呢？

我走上了人迹罕至的路，走上了独行与独醒的路，到如今还为了追寻更高的境界，努力不懈。

我能无悔，是因为步步留心，留下了"菩提系列""禅心大地系列""现代佛典系列""身心安顿系列"，《打开心内的门窗》《走向光明的所在》……

我确信，对于彷徨的现代人，这些寻找觉悟之道的书，能使他们得到启发，在世俗的沉睡中醒来。

学习看见自己的心

"觉悟"在生命里是神奇的，正是"千年暗室，一灯即明"，不管黑暗有多久，沉睡了多么长的时间，只要点燃了一盏小小的灯火，一切就明明白白、无所隐藏了！

"觉悟"不只是张开心眼来看世界，使世界有全新的面目；也是跳出自我的执着，从一个全新的眼睛，来回观自己的心、自己的爱、自己的人生。

"觉"是"学习来看见"，"悟"是"我的心"，最简明地说，"觉悟"就是"学习看见自己的心"。

"觉悟"乃是与"菩提"连成一线的,《大日经》说:"云何菩提,谓如实知自心。"

这是为什么我在写"菩提系列"时,把书名定为"菩提"的原因,它缘于觉悟,又涵盖了觉悟,它涵容了佛教里一些"无法翻译"的内涵,例如禅那、般若、三昧、南无、波罗蜜多等等。

"菩提"在正统的佛教概念里,原是"断绝世间烦恼而成就涅槃智慧"的意思,但由于它的不译,就有了无限的延展和无限的可能。

我想要书写的,其实很简单,不只是佛教的修行能改变人生,就在我们生活里,也有无限延展和无限可能。

"菩提"的具体呈现是"菩提萨埵",也就简称"菩萨","菩提"是"觉","萨埵"是"有情"。

"觉有情"这三个字真美,我曾写过一本书《以有情觉有情》,来阐明这个道理:菩萨的行履过处,正是以更深刻的情感来使有情的众生得到觉悟,而每一个有情时刻都是觉悟的契机。

生活是苦难的,生命是无常的,但即使是最苦的时候,都能看见晚霞的美丽;最艰难的日子,都能感受天空的蔚蓝与海洋的辽阔。纵是最无常的历程,小草依然翠绿,霜叶还是嫣红。

道由白云尽,春与青溪长;时有落花至,远随流水香。白云与青溪,落花与流水,都是长在的,并不会随着因缘的变幻、生命的苦谛而失去!

"菩提十书"写的正是这种心事,恰如庞蕴居士说的"一念心清净,处处莲花开;一花一净土,一土一如来",生命里若还有阴晴不定，生活里若还有隐晦不明，那是因为我们还没有触事遇缘都生起菩提呀！

我把"菩提十书"重新授权给大陆出版，时光流变已过半甲子，年华渐老、思想如新，祈愿读者在这套书中，可以触到觉悟与菩提的契机！

林清玄

二〇一二年秋天

台北清淳斋

卷一　波罗蜜

柔软心

1

我多么希望，我写的每一个字、每一篇文章都洋溢着柔软心的香味；我的每一个行为都有如莲花的花瓣，温柔而伸展。

因为我深信，一个作家在写字时，他画下的每一道线都有他人格的介入。

2

日本曹洞宗的开宗祖师道元禅师，传说他航海到中国来求禅，空手而来，空手而去，只得到一颗柔软心。

这是令人动容的故事，许多人认为道元禅师到中国求柔软心，并把柔软心带回日本。其实不然，柔软心是道元禅师本具的，甚至是人人本具的，只是，道元若不经过万里波涛，不到中国求禅，他本具的柔软心就得不到开发。

柔软心不从外得，但有时由外在得到启发。

3

学禅的人若无柔软心，禅就只是一种哲学，与存在主义无异。

柔软心并不是和稀泥一样的泥巴，柔软心是有着包容的见地，它超越一切、包容一切。

柔软心是莲花，因慈悲为水，智慧做泥而开放。

4

有人问我："为什么草木无心，也能自然地生长、开花、结果，有心的人反而不能那么无忧地过日子？"

我反问道："你非草木，怎么知道草木是无心的呢？你说人有心，人的心又在哪里呢？假若草木真是无心，人如果达到无心的境界，当然可以无忧地过日子。"

"凡夫"的"凡"字就是中间多了一颗心，刚强难化的心与柔软温和的心并无别异。

具有柔软心的人，即使面对的是草木，也能将心比心，也能与草木至诚地相见。

5

追鹿的猎师是看不见山的，捕鱼的渔夫是看不见海的。

眼中只有鹿和鱼的人，不能见到真实的山水，有如眼中只有名利权位的人，永远见不到自我真实的性灵。

要见山，柔软心要伟岸如山；要看海，柔软心要广大若海。

因为柔软，所以能够包容一切、涵摄一切。

6

人在遇到人生的大疑、大乱、大苦、大难时，若未被击倒，自然会在其中超越而得到"定"，因定而得清明，由清明而能柔软。

在柔软中，人可以和谐、单纯，进而达致意识的统一。

野狐禅、口头禅，最缺乏的就是柔软心，有柔软心的禅者不会起差别，不会贬抑净土，或密宗，或一切宗派，乃至一切众生。

7

有欲念，就有火气；有火气，就有烦恼。

柔软心使欲念的火气温和，甚至消散，当欲念之火消散了，就是菩提。

从烦恼到菩提的开关，就是柔软心。

8

佛陀教我们度化众生，并没有教我们苛求众生。我们要度化众生应在心中对众生没有一丝丝苛求，只有随顺。众生若可以被苛求，就不会沦为众生了。

随顺，就是处在充满仇恨的人当中，也不怀丝毫恨意。

随顺，就是随着充满黑暗的世界转动，自己还是一盏灯。

随顺，就是看任何一个众生受苦，就有如自己受苦一般。

随顺，是柔软心的实践，也是柔软心点燃的香。

清风匝地，有声

在日本神户港，我们把汽车开进"英鹤丸"渡轮的舱底，然后登上最顶层的甲板看濑户内海。

这一次，我从神户坐渡轮要到四国，因为听说四国有优美而绵长的海岸线，还有几处国家公园。四国，是日本四大岛中最小的一岛，并且偏处南方，所以是外籍观光客较少去的地方，尤其是九月以后，天气寒凉，枫叶未红，游人就更少了。

从前，要到四国一定要乘渡轮，自从几条横跨濑户内海的长桥建成后，坐渡轮的人就少了。有很多人到四国去不是去看海、看风景的，只是为了去过桥，像"鸣门大桥"是颇有历史的，而新近落成的"濑户大桥"则是宏伟气派，长达十公里，听说所用的钢筋围起来可以绕地球一圈半，许多人四国来回，只为了看濑户大桥粗大的水泥与钢筋。对我而言，要过海，坐渡轮总是更有情味，人生里如果可以选择从容的心情，为什么不让自己从容一些呢？

"英鹤丸"里出乎想象的冷清，零落的游客横躺在长椅上睡觉，我在贩卖部买了一杯热咖啡，一边喝咖啡，一边倚在白色栏杆上看濑户内海，濑户内海果然与预想中的一样美，海水澄蓝如碧，天空秋高无云，围绕着内海的青山，全是透明的绿，这海山与天空的一尘无染，就好像日本传统的茶室，从瓶花到桌椅摸不出一丝尘埃。

在我眼前的就是濑户内海了，我轻轻地叹息着。

我这一次到日本来，希望好好看看濑户内海是重要的行程，原因说来可笑，是因为在日本的书籍里读到了一则中国禅师与日本禅师的故事。

故事大意是这样的：有一位中国禅师到日本拜访了一位日本禅师，两人一起乘船过濑户内海，那位日本禅师是曾到过中国学禅，亲炙过中国山水的。

在船上，日本禅师说："你看，这日本的海水是多么清澈，山景是多么翠绿呀！看到如此清明的山水，使我想起山里长在清水里那美丽的山葵花呀！"言下为日本的山水感到自负的意味。

中国禅师笑了，说："日本海的水果然清澈，山景也美。可惜，这水如果再混浊一点就更好了。"

日本禅师听了非常惊异，说："为什么呢？"

"水如果混浊一点，山就显得更美了。像这么清澈的水只能长出山葵花，如果混浊一点，就能长出最美丽的白莲花了。"中国禅师平静地说。

日本禅师为之哑口无言。

这是禅师与禅师间机锋的对句，显然是中国禅师占了上风，但我在日本书上看到这则故事，却沉思了很久，颇能看见日本人谦抑的态度，也恐怕是这种态度，才使千百年来，濑户内海都能保持干净，不曾受到污染。反过来说，中国人因为自诩污水里能开出莲花，所以恣情纵意，把水弄脏了，也毫不在意。

不仅濑户内海吧！我童年时代，家乡有几家茶室，都是色情污秽之地，空间窄小，灯光黯淡，空气里飘浮着酸气、腐臭与霉味，地上都是痰渍。因为我有一位要好的同学是茶室老板的儿子，不免常常要出入，每次我都捂着鼻子走进去，走出来时第一件事则是深呼吸，当时颇为成年男子可以在那么浊劣的地方盘桓终日而疑惑不已，当然也更同情那些卖笑的"茶店仔查某"了。

有一次，同学的父亲告诉我，茶室原是由日本传来，从前台湾是没有茶室的。我听了就把乡下茶室的印象当成是日本式的，心想日本人真怪，怎么喜欢在茶室不喝茶，却饮酒作乐呢？直到第一次去日本，又到几家传统茶室喝茶，简直把我吓坏了，因为日本茶室都是窗明几净、风格明亮，连园子里的花草都长在它应该长的地方，别说是色情了，人走进那么干净的茶室，几乎一丝不净的念头都不会生起，口里更不敢说一句粗俗的话，唯恐染污了茶盘。怪不得日本茶道史上，所有伟大的茶师都是禅师！

同样是"茶室"，在日本与台湾却有截然不同的风貌，对照了日本禅师与中国禅师的故事就益发令人感慨，由小见大，山水其实就是人心，要了解一个地方人的性格，只要看那地方的山水也就了然。山且不论，看看台湾的水，从小溪、大河，到湖泊、沿海，无不是鱼虾死灭、垃圾漂流、污油朵朵、浮尸片片，我每次走过我们土地上的水域，就在里面看到了人心的污渍，在这样脏的水中想开出一朵白莲花，简直不可思议，需要多么大的勇气，多么大的坚持，与多么大的自我清净的力量！

我坐在濑户内海上的渡轮，看到船后一长条纯白的波浪时，就仿佛回到了中国禅师与日本禅师在船上对话的场景与心情，在污泥秽地中坚持自我质量的高洁是禅者的风格，可是要怎么样使污秽转成清明则是菩萨的胸怀，要拯救台湾的山水，一定要先从台湾的人心救起，要知道，长出莲花的地虽然污秽，水却是很干净的。

记得从前我当记者的时候，曾为了一个噪音与污染事件去访问一家工厂的负责人，他的工厂被民众包围，压迫停工，他却因坚持而与民众对峙。他闭起眼睛，十分陶醉地对我说："你听听，这工厂机器的转动声，我听起来就像音乐那么美妙，为什么他们不能忍受呢？"我听到他的话忍不住笑起来，他用一种很怀疑的眼神看我，眼神里好像在说："连你也不能欣赏这种音乐吗？"那个眼神到现在我还记得。

确实如此，在守财奴的眼中，钞票乃是人间最美丽的绘画呢！

听过了肆无忌惮的商人的音乐，我们再回到日本的茶室，日本茶道的鼻祖绍鸥曾经说过一句动人的话："放茶具的手，要有和爱人分离的心情。"这种心情在茶里叫作"残心"，就是在行为上绵绵密密，即使简单如放茶具的动作，也要轻巧、有深沉的心思与情感，才算是个懂茶的人。

反过来说，一个人和爱人分离的心情，若能有如放下名贵茶具的手那么细心，把诀别的痛苦化为祝福的愿望，心中没有丝毫憎恨，留存的只有珍惜与关怀，才是懂得爱情的人。此所以茶道不昧流的鼻祖出云松江说："红叶落下时，会浮在水面；那不落的，反而沉入江底。"

境界高的茶师，并不在于他能品味好茶，而在他对待喝茶这整个动作的态度，即使喝的只是普通粗茶，他也能找到其中的情趣。

境界高的人生亦如是，并不在于永远有顺境，而是不论顺逆，也能用很好的情味去面对，这就是禅师说的"在途中也不离家舍""不风流处也风流"。因此，我们要评断一个人格调与韵致的高低，要看他失败时的"残心"。有两句禅诗"掬水月在手，弄花香满衣"最能表达这种残心，每一片有水的叶子都有月亮的映照，同样，人生的每个行为、每个动作都是人格的展现。没有经过残心的升华，一个人就无法有温柔的心，当然，也难以体会和爱人分离的心情是多么澄清、细密、优美一如秋深落叶的空山了。

从前有一个和尚到农家去诵经，诵经的中途听到了小孩的哭声，转头一看，原来孩子爬在地上压到了一把饭铲子，地上很肮脏，孩子的母亲就把他抱起来，顺手把饭铲子放进热腾腾的饭上，洗也不洗。

于是，当孩子的母亲来请吃饭时，和尚假称肚子痛，连饭也没吃，就匆匆赶回寺里。过了一星期，和尚又去这农家诵经，诵完经，那母亲端出了一碗热腾腾的甜酒酿，由于天气严寒，和尚一连喝了好几碗，不仅觉得味美，心情也十分高兴。

等吃完了甜酒酿，孩子的母亲出来说："上一次真不好意思，您连饭都没吃就回去了，剩下很多饭，只好用剩饭做成一些甜酒酿，今天看您吃了很多，我实在感到无比的安慰。"

和尚听了大有感触，为逃避肮脏的饭铲子，没想到反而吃了七天前的剩饭做成的甜酒酿，因而悟到了"一饮一啄，莫非前定"。我们面对人生里应该承受的事物不也是如此吗？在饭铲中泡过的脏饭与甜酒，表面不同，本质却是一样。所以，欢喜的心最重要，有欢喜心，则春天时能享受花红草绿，冬天时能欣赏冰雪风霜，晴天时爱晴，雨天时爱雨。

好像一条清澈的溪流，流过了草木清华，也流过石畔落叶，它欢跃如瀑布时，不会被拘束，它平缓如湖泊时，也不会被局限，这就是《金刚经》里最动人心弦的一句"应无所住而生其心"。

我眼前的濑户内海也是如此，我体验了它明朗的山水，知道濑户内海不只是日本人的海，而是眼前的海，是大地之海，超越了名字与国籍。海上吹来的风，呼呼有声，在台湾林野里的清风亦如是，遍满大地，有南国的温暖及北地的凉意，匝地，有声。

晋朝有名的女僧妙音法师，写过一首诗：

长风拂秋月，

止水共高洁；

八到净如如，

何容业萦结？

"八到"是指风从东、南、西、北、东南、东北、西南、西北一起到，分不出是从哪里到，静听、感受清风的吹拂，其中有着禅的对语。在步出"英鹤丸"的时候，我看见了长在清水里的山葵花是美丽的，长在污泥里的白莲花也是美丽的。与爱人相会的心情是美丽的，与爱人分离的心情也是美丽的。

　　只因为我的心是美丽的，如清风一样，匝地，有声。

吾心似秋月

　　白云守端禅师有一次与师父杨岐方会禅师对坐，杨岐问说："听说你从前的师父茶陵郁和尚大悟时说了一首偈，你还记得吗？"

　　"记得记得，那首偈是'我有明珠一颗，久被尘劳关锁；一朝尘尽光生，照破山河万朵。'"白云毕恭毕敬地说，不免有些得意。

　　杨岐听了，大笑数声，一言不发地走了。

　　白云怔坐在当场，不知道师父听了自己说的偈为什么大笑，心里非常愁闷，整天都思索着师父的笑，找不出任何足以令师父大笑的原因。那天晚上他辗转反侧，无法成眠，苦苦地参了一夜。第二天实在忍不住了，大清早就去请教师父："师父听到郁和尚的偈为什么大笑呢？"

　　杨岐禅师笑得更开心，对着眼眶因失眠而发黑的弟子说："原来你还比不上一个小丑，小丑不怕人笑，你却怕人笑！"白云听了，豁然开悟。

这真是个幽默的公案，参禅寻求自悟的禅师把自己的心思寄托在别人的一言一行，因为别人的一言一行而苦恼，真的还不如小丑能笑骂由他，言行自在，那么了生脱死，见性成佛，哪里可以得致呢？

杨岐方会禅师在追随石霜慈明禅师时，也和白云遭遇了同样的问题，有一次他在山路上遇见石霜，故意挡住去路，问说："狭路相逢时如何？"石霜说："你且躲避，我要去那里去！"

又有一次，石霜上堂的时候，杨岐问道："幽鸟语喃喃，辞云入乱峰时如何？"石霜回答说："我行荒草里，汝又入深村。"

这些无不都在说明，禅心的体悟是绝对自我的，即使亲如师徒父子也无法同行。就好像人人家里都有宝藏，师父只能指出宝藏的珍贵，却无法把宝藏赠予。杨岐禅师曾留下禅语："心是根，法是尘，两种犹如镜上痕，痕垢尽时光始现，心法双亡性即真。"人人都有一面镜子，镜子与镜子间虽可互相照映，却是不能取代的。若把自己的喜怒哀乐寄托在别人的喜怒哀乐上，就是永远在镜上抹痕，找不到光明落脚的地方。

在实际的人生里也是如此，我们常常会因为别人的一个眼神、一句笑谈、一个动作而心不自安，甚至茶饭不思、睡不安枕；其实，这些眼神、笑谈、动作在很多时候都是没有意义的，我们之所以心为之动乱，只是由于我们在乎。万一双方都在乎，就会造成"狭路相逢"的局面了。

生活在风涛泪浪里的我们，要做到不畏人言人笑，确实是非常不易，那是因为我们在人我对应的生活中寻找依赖，另一方面则又在依赖中寻找自尊，偏偏，"依赖"与"自尊"又充满了挣扎与矛盾，使我们不能彻底地有人格的统一。

我们时常在报纸的社会版上看到，或甚至在生活周遭的亲朋中遇见，许多自虐、自残、自杀的人，理由往往是："我伤害自己，是为了让他痛苦一辈子。"这个简单的理由造成了许多人间的悲剧。然而更大的悲剧是，当我们自残的时候，那个"他"还是活得很好，即使真能使他痛苦，他的痛苦也会在时空中抚平，反而我们自残的伤痕一生一世也抹不掉。纵然情况完全合乎我们的预测，真使"他"一辈子痛苦，又于事何补呢？

可见，"我伤害自己，是为了让他痛苦一辈子"是多么天真无知的想法，因为别人的痛苦或快乐是由别人主宰，而不是由我主宰，为让别人痛苦而自我伤害，往往不一定使别人痛苦，却一定使自己落入不可自拔的深渊。反之，我的苦乐也应由我做主，若由别人主宰我的苦乐，那就蒙昧了心里的镜子，有如一个陀螺，因别人的绳索而转，转到力尽而止，如何对生命有智慧的观照呢？

认识自我、回归自我、反观自我、主掌自我，就成为智慧开启最重要的事。

小丑由于认识自我，不畏人笑，故能悲喜自在；成功者由于回归自我，可以不怕受伤，反败为胜；禅师由于反观自我如空明之镜，可以不染烟尘，直观世界。认识、回归、反观自我都是通向自己做主人的方法。

但自我的认识、回归、反观不是高傲的，也不是唯我独尊，而应该有包容的心与从容的生活。包容的心是知道即使没有我，世界一样会继续运行，时空也不会有一刻中断，这样可以让人谦卑。从容的生活是知道即使我再紧张、再迅速，也无法使地球停止一秒，那么何不以从容的态度来面对世界呢？唯有从容的生活才能让人自重。

佛教的经典与禅师的体悟，时常把心的状态称为"心水"，或"明镜"，这有甚深微妙之意，但"包容的心"与"从容的生活"庶几近之，包容的心不是柔软如心水，从容的生活不是清明如镜吗？

水，可以用任何状态存在于世界，不管它被装在任何容器，都会与容器处于和谐统一，但它不会因容器是方的就变成方的，它无须争辩，却永远不损伤自己的本质，永远可以回归到无碍的状态。心若能持平清净如水，装在圆的或方的容器，甚至在溪河大海之中，又有什么损伤呢？

水可以包容一切，也可以被一切包容，因为水性永远不二。

但如水的心，要保持在温暖的状态才可起用，心若寒冷，则结成冰，可以割裂皮肉，甚至冻结世界。心若燥热，则化成烟气消逝，不能再觅，甚至烫伤自己，燃烧世界。

如水的心也要保持在清净与平和的状态才能有益，若化为大洪、巨瀑、狂浪，则会在汹涌中迷失自我，乃至伤害世界。

我们在现实生活中所以会遭遇苦痛，正是无法认识心的实相，无法恒久保持温暖与平静，我们被炽烈的情绪燃烧时，就化成贪婪、嗔恨、愚痴的烟气，看不见自己的方向；我们被冷酷的情感冻结时，就凝成傲慢、怀疑、自怜的冰块，不能用来洗涤受伤的创口了。

禅的伟大正在这里，它不否定现实的一切冰冻、燃烧、澎湃，而是开启我们的本质，教导我们认识心水的实相，心水的如如之状，并保持这"第一义"的本质，不因现实的寒冷、人生的热恼、生活的波动，而忘失自我的温暖与清净。

镜，也是一样的。

一面清明的镜子，不论是最美丽的玫瑰花或最丑陋的屎尿，都会显出清楚明确的样貌；不论是悠忽缥缈的白云或平静恒久的绿野，也都能自在扮演它的状态。

可是，如果镜子脏了，它照出的一切都是脏的，一旦镜子破碎了，它就完全失去觉照的功能。肮脏的镜子就好像品格低劣的人，所见到的世界都与他一样卑劣；破碎的镜子就如同心性狂乱的疯子，他见到的世界因自己的分裂而无法起用了。

禅的伟大也在这里，它并不教导我们把屎尿看成玫瑰花，而是教我们把屎尿看成屎尿，玫瑰看成玫瑰；它既不否定卑劣的人格，也不排斥狂乱的身心，而是教导卑劣者擦拭自我的尘埃，转成清明，以及指引狂乱者回归自我，有完整的观照。

水与镜子是相似的东西，平静的水有镜子的功能，清明的镜子与水一样晶莹，水中之月与镜中之月不是同样的月之幻影吗？

禅心其实就在告诉我们，人间的一切喜乐我们要看清，生命的苦难我们也该承受，因为在终极之境，喜乐是映在镜中的微笑，苦难是水面偶尔飞过的鸟影。流过空中的鸟影令人怅然，镜里的笑痕令人回味，却只是偶然的一次投影呀！

唐朝的光宅慧忠禅师，因为修行甚深微妙，被唐肃宗迎入京都，待以师礼，朝野都尊敬为国师。

有一天，当朝的大臣鱼朝恩来拜见国师，问曰："何者是无明，无明从何时起？"

慧忠国师不客气地说："佛法衰相今现，奴也解问佛法！"（佛法快要衰败了，像你这样的人也懂得问佛法！）

鱼朝恩从未受过这样的屈辱，立刻勃然变色，正要发作，国师说："此是无明，无明从此起。"（这就是蒙蔽心性的无明，心性的蒙蔽就是这样开始的。）

鱼朝恩当即有省，从此对慧忠国师更为钦敬。

正是如此，任何一个外在因缘而使我们波动都是无明，如果能止息外在所带来的内心波动，则无明即止，心也就清明了。

大慧宗杲禅师也有一个类似的故事，有一天，一位将军来拜见他，对他说："等我回家把习气除尽了，再来随师父出家参禅。"

大慧禅师一言不发，只是微笑。

过了几天，将军果然又来拜见，说："师父，我已经除去习气，要来出家参禅了。"

大慧禅师说："缘何起得早，妻与他人眠。"（你怎么起得这么早，让妻子在家里和别人睡觉呢？）

将军大怒："何方僧秃子，焉敢乱开言！"

禅师大笑，说："你要出家参禅，还早呢！"

可见要做到真心体寂，哀乐不动，不为外境言语流转迁动是多么不易。我们被外境的迁动就有如对着空中撒网，必然是空手而出，空手而回，只是感到人间徒然，空叹人心不古，世态炎凉罢了。禅师，以及他们留下的经典，都告诉我们本然的真性如澄水、如明镜、如月亮，我们几时见过大海被责骂而还口，明镜被称赞而欢喜，月亮被歌颂而改变呢？大海若能为人所动，就不会如此辽阔；明镜若能被人刺激，就不会这样干净；月亮若能随人而转，就不会那样温柔遍照了。

两袖一甩，清风明月；仰天一笑，快意平生；布履一双，山河自在；我有明珠一颗，照破山河万朵……这些都是禅师的境界，我们虽不能至，心向往之，如果可以在生活中多留一些自己给自己，不要千丝万缕地被别人迁动，在觉性明朗的那一刻，或也能看见般若之花的开放。

历代禅师中最不修边幅，不在意别人眼目的就是寒山、拾得，寒山有一首诗说：

吾心似秋月，

碧潭清皎洁。

无物堪比伦，

更与何人说！

明月为云所遮，我知明月犹在云层深处；碧潭在无声的黑夜中虽不能见，我知潭水仍清。那是由于我知道明月与碧潭平常的样子，在心的清明也是如此。

可叹的是，我要用什么语言才说得清楚呢？寒山大师在很久很久以前就有这样清澈动人的叹息了！

家家有明月清风

到台北近郊登山，在陡峭的石阶中途，看见一个不锈钢桶放在石头上，外面用红漆写了两个字"奉水"，桶耳上挂了两个塑胶茶杯，一红一绿。在炎热的天气里喝了清凉的水，让人在清凉里感觉到人的温情，这桶水是由某一个居住在这城市里陌生的人所提供的，他是每天清晨太阳未升起时就抬这么重的一桶水来，那细致的用心是颇能体会到的。

在烟尘滚滚的尘世，人人把时间看得非常重要，因为时间就是金钱，几乎到了没有人愿意为别人牺牲一点点时间的地步，即使是要好的朋友，如果没有重要的事情，也很难约集。但是当我在喝"奉水"的时候，想到有人在这上面花了时间与心思，牺牲自己的力气，就觉得在忙碌转动的世界，仍然有从容活着的人，他为自己的想法去实践某些奉献的真理，这就是"滔滔人世里，不受人惑的人"。

这使我想起童年住在乡村，在行人路过的路口，或者偏僻的荒村，都时常看到一只大茶壶，上面写着"奉茶"，有时还特别钉一个木架子把茶壶供奉起来。我每次路过"奉茶"，不管是不是口渴，总会灌一大杯凉茶，再继续前行，到现在我都记得喝茶的竹筒子，里面似乎还有竹林的清香。

我稍稍懂事的时候，看到了"奉茶"，总会不自禁地想起乡下土地公庙的样子，感觉应该把放置"奉茶"者的心供奉起来，让人瞻仰，他们就是自己土地上的土地公，对土地与人民有一种无言无私之爱，这是"凡劳苦担重担的人，都到我这里来，我必使他得清凉"的胸怀。我想，有时候人活在这个人世，没有留下任何名姓也不是什么要紧的事，只要对生命与土地有过真正的关怀与付出，就算尽了人的责任。

很久没有看见"奉茶"了，因此在台北郊区看到"奉水"时竟低徊良久，到底，不管是茶是水，在乡在城，其中都有人情的温热。山道边一杯微不足道的凉水，使我在爬山的道途中有了很好的心情，并且感觉到不是那么寂寞了。

到了山顶，没想到平台上也有一只完全相同的钢桶，这时写的不是"奉水"，而是"奉茶"，两个塑胶茶杯，一黄一蓝，我倒了一杯来喝，发现茶是滚热的。于是我站在山顶俯视烟尘飞扬的大地，感觉那准备这两桶茶水的人简直是一位禅师了。在完全相同的桶里，一冷一热，一茶一水，连杯子都配得恰恰刚好，这里面到底是隐藏着怎么样的一颗心呢？

我一直认为不管时代如何改变，在时代里总会有一些卓然的人，就好像山林无论如何变化，在山林中总会有一些清越的鸟声一样。同样的，人人都会在时间里变化，最常见的变化是从充满诗情画意逍遥的心灵，变成平凡庸俗而无可奈何，从对人情时序的敏感，成为对一切事物无感。我们在股票号子（这"号子"取名真好，有点像古代的厕所）里看见许多瞪着广告牌的眼睛，那曾经是看云、看山、看水的眼睛；我们看签六合彩的双手，那曾经是写过情书与诗歌的手；我们看为钱财烦恼奔波的那双脚，那曾经是在海边与原野散过步的脚。我们的眼耳鼻舌身意看起来仍然与二十年前无异，可是在本质上，有时中夜照镜，已经完全看不出它们的联结，那理想主义的、追求完美的、每一个毛孔都充满光彩的我，究竟何在呢？

清朝诗人张灿有一首短诗："书画琴棋诗酒花，当年件件不离它。而今七事都更变，柴米油盐酱醋茶。"很能表达一般人在时空中流转的变化，从"书画琴棋诗酒花"到"柴米油盐酱醋茶"，人的心灵必然是经过了一番极大的动荡与革命，只是凡人常不自觉自省，任庸俗转动罢了。其实，有伟大怀抱的人物也未能免俗，梁启超有一首《水调歌头》我特别喜欢，其后半阕是："千金剑，万言策，两蹉跎。醉中呵壁自语，醒后一滂沱。不恨年华去也，只恐少年心事，强半为销磨。愿替众生病，稽首礼维摩。"我自己的心境很接近梁任公的这首词，人生的际遇不怕年华老去，怕的是少年心事的"销磨"，到最后只有"醒后一滂沱"了。

在人生道路上，大部分有为的青年，都想为社会、为世界、为人类"奉茶"，只可惜到后来大半的人都回到自己家里喝老人茶了。还有一些人，连喝老人茶自遣都没有兴致了，到中年还能有"奉茶"的心，是非常难得的。

有人问我，这个社会最缺的是什么东西？

我认为最缺的是两种，一是"从容"，一是"有情"。这两种质量是大国民的质量，但由于我们缺少"从容"，因此很难见到步履雍容、识见高远的人；因为缺少"有情"，则很难看见乾坤朗朗、情趣盎然的人。

社会学家把社会分为青年社会、中年社会、老年社会，青年社会有的是"热情"，老年社会有的是"从容"。我们正好是中年社会，有的是"务实"，务实不是不好，但若没有从容的生活态度与有情的怀抱，务实到最后正好是柴米油盐酱醋茶，牺牲了书画琴棋诗酒花。一个彻底务实的人其实是麻木的俗人，一个只知道名利实务的社会，则是僵化的庸俗社会。

在《大珠禅师语录》里记载了禅师与一位讲《华严经》座主的对话，可以让我们看见有情与从容的心是多么重要。

座主问大珠慧海禅师："禅师信无情是佛否？"

大珠回答说："不信。若无情是佛者，活人应不如死人；死驴死狗，亦应胜于活人。经云：佛身者，即法身也，从戒定慧生，从三明六通生，从一切善法生。若说无情是佛者，大德如今便死，应作佛去。"

这说明禅的心是有情，而不是无知无感的，用到我们实际的人生也是如此，一个有情的人虽不能如无情者用那么多的时间来经营实利（因为情感是要付出时间的），可是一个人如果随着冷漠的环境而使自己的心也沉滞，则绝对不是人生之福。

人生的幸福在很多时候是得自于看起来无甚意义的事，例如某些对情爱与知友的缅怀，例如有人突然给了我们一杯清茶，例如在小路上突然听见了冰果店里传来一段喜欢的乐曲，例如在书上读到了一首动人的诗歌，例如听见桑间濮上的老妇说了一段充满启示的话语，例如偶然看见一朵酢浆花的开放……总的说来，人生的幸福来自于自我心扉的突然洞开，有如在阴云中突然阳光显露、彩虹当空，这些看来平淡无奇的东西，是在一株草中看见了琼楼玉宇，是由于心中有一座有情的宝殿。

"心扉的突然洞开"，是来自于从容，来自于有情。

生命的整个过程是连续而没有断灭的，因而年纪的增长等于是生活数据的累积，到了中年的人，往往生活就纠结成一团乱麻了，许多人畏惧这样的乱麻，就拿黄金酒色来压制，企图用物质的追求来麻醉精神的僵滞，以至于心灵的安宁和融都展现成为物质的累积。

其实，可以不必如此，如果能有较从容的心情，较有情的胸襟，则能把乱麻的线路抽出、理清，看清我们是如何地失落了青年时代对理想的追求，看清我们是在什么动机里开始物质权位的奔逐，然后想一想：什么是我要的幸福呢？我最初所想望的幸福是什么？我波动的心为何不再震荡了呢？我是怎么样落入现在这个古井呢？

我时常想起台湾光复初期的童年时代，那时社会普遍的贫穷，可是大部分人都有丰富的人情，人与人间充满了关怀，人情义理也不曾被贫苦生活所昧却，乡间小路的"奉茶"正是人情义理最好的象征。记得我的父亲常挂在嘴上的一句话是："人活着，要像个人。"当时我不懂这句话的涵义，现在才算比较了解其中的玄机。人即使生活条件只能像动物那样，也不应该活得如动物失去人的有情、从容、温柔与尊严。在中国历代的忧患悲苦之中，中国人之所以没有失去特质，实在是来自这个简单的意念："人活着，要像个人！"

人的贫穷不是来自生活的困顿，而是来自在贫穷生活中失去人的尊严；人的富有也不是来自财富的累积，而是来自在富裕生活里不失去人的有情。人的富有实则是人心灵中某些高贵特质的展现。

家家都有清风明月，失去了清风明月才是最可悲的！

喝过了热乎乎的"奉茶"，我信步走入林间，看到在落叶层缝中有许多美丽的褐色叶片，拾起来一看，原来是褐蝶的双翼因死亡而落失在叶中，看到蝴蝶的翼片与落叶交杂，感觉到蝴蝶结束了一季的生命其实与树叶无异，尘归尘、土归土，有一天都要在世界里随风逝去。

人的身体与蝴蝶的双翼又有什么两样呢？如果在活着的时候不能自由飞翔，展现这片赤诚的身心，让我们成为宇宙众生迈向幸福的阶梯，反而成为庸俗人类物质化的踏板，则人生就失去其意义，空到人间一回了！

下山的时候，我想，让我恒久保有对人间有情的胸怀，以及一直保持对生活从容的步履；让我永远做一个为众生奉茶供水，在热恼中得到清凉的人。

忧欢派对

有两位武士在树林里相遇了，他们同时看见树上的一面盾牌。

"呀！一面银盾！"一位武士叫起来。

"胡说！那是一面金盾！"另一位武士说。

"明明是一面银制的盾，你怎么硬说是金盾呢？"

"那是金盾是再明显不过的，为什么你强词夺理说是银盾？"

两位武士争吵起来，始而怒目相向，继而拔剑相斗，最后两人都受了致命的重伤，当他们向前倒下的一刹那，才看清树上的盾牌，一面是金的，一面是银的。

我很喜欢这则寓言，因为它有极丰富的象征，它告诉我们，一件事物总可以两面来看，如果只看一面往往看不见真实的面貌，因此，自我观点的争执是毫无意义的。进一步地说，这世界本来就有相对的两面，欢乐有多少，忧患就有多少；恨有多切，爱就有那么深；祸兮福所倚，福兮祸所伏；所以我们要找到身心的平衡点，就要先认识这是个相对的世界。

人的一生，说穿了，就是相对世界追逐与改变的历程，我们通常会在主客、人我、是非、知见、言语、动静中浮沉而不自知，凡是合乎自己所设定的标准时，就会感到欢愉幸福，不合乎我们的标准时，就会感到忧恼悲苦，这个世界之所以扰攘不安，就是由于人人的标准都不同。而人之沉于忧欢的漩涡，则是因为我们过度地依赖感觉，感觉乃是变幻不定的，随外在转换的东西，使人都像走马灯一样，不停变换悲喜。

把人生的历程拉长来看，忧欢是生命中一体的两面，它们即使不同时现起，也总是相伴而行。

佛经里就有一个这样的故事：有两个仙女，一位人见人爱，美丽无比，名字叫作"功德天"，另一位人见人恶，丑陋至极，名字叫"黑暗天"。当功德天去敲别人的门时，总是受到热烈招待，希望她能永远在家里做客，可是往往只住很短暂的时间，丑陋的黑暗天就接着来敲门，主人当然拒绝她走进家门一步。

这时候，功德天与黑暗天就会告诉那家的主人："我们是同胞姊妹，向来是形影不离的，如果要赶走妹妹，姊姊也不能单独留下来；如果要留下功德天，就必须让黑暗天也进门做客。"

愚蠢的主人就会把姊妹都留下来，他们为了享受功德，宁可承受黑暗。有智慧的主人则会把两姊妹都送走，宁可过恬淡的生活。

这也是一个非常有象征意味的寓言，它启示我们，有智慧的人"无求"，他知道人生的忧欢都只是客人而已，并非生命的本体，唯有不执着于功德的人，才不会有黑暗的侵扰——也唯有不追求欢乐的人，才不会落入忧苦的泥沼。

忧欢时常联手，这是生活里最无可奈何的景况，期许自己不被感觉所侵蚀的人，只有从超越感官的性灵入手。

有一次，我到一间寺庙去游玩，看到庙前树上挂着的木板写着：

　　心安茅屋稳，

　　性定菜根香；

　　世事静方见，

　　人情淡始长。

安、定、静、淡应该是对治感官波动、悲喜冲击的好方法，可是在现实里并不容易做到。不过，对一个追求智慧的人，他必须知道，幸福的感受与人的心情态度有着密切的关系，有时候，那些看似平淡的事物反而能有深刻悠长的力量，这是为什么在真实相爱的情侣之间，一朵五块钱的玫瑰花的价值，不比一粒五克拉的钻石逊色。

有一首流行甚广的民谣《茶山情歌》里有这样几句：

　　茶也青哟，

　　水也清哟，

　　清水烧茶，

　　献给心上的人，

　　情人上山你停一停，

　　喝口清茶，

　　表表我的心！

我每次听到这首歌，就深受感动，这原是采茶少女所唱的情歌，用青茶与清水来表达自己的情感，真是平常又非凡的表白。一个人的情感若能青翠如寒山雾气中的茶，清澈若山谷溪涧的水，确实是值得珍惜，可以像珍宝一样拿出来奉献的。

一杯清茶也可以如是缠绵，使人对情爱有更清净的向往，在爱恨炽烈的现代人看来，真是不可思议。然而，我们若要了解真爱，并进入人生更深刻的本质，就非使心情如茶般青翠、水样清明不可，可叹的是，现代人喝惯了浓烈的忧欢之酒，愈来愈少人懂得茶青水清的滋味了。

我国明朝时代，有一首山歌，和茶山情歌可以前后辉映：

不写情词不写诗，
一方素帕寄心知，
心知接了颠倒看，
横也丝来竖也丝，
这般心事有谁知？

一条白色的手帕，就能够如此丝缕牵缠，这种超乎言语的情意，现在也很少人知了。

情爱，算是人间最浓烈的感觉了，若能存心如清茶、如素帕，那么不论得失，情意也不至于完全失去，自然也不会反目成仇，转爱成恨了。只是即使淡如清茶还是有忧欢的波澜，不能有清净的究竟，历史上的禅师以观心、治心、直心的方法来超越，使人能高高地站在忧欢之上，我们来看两个公案，可以让我们从清茶素帕再进一步，走入"高高山顶立，深深海底行"的世界。

有一位名叫玄机的尼师去参访雪峰禅师，禅师问说："什么处来？"

曰："大日山来。"

师曰："日出也未？"

曰："若出，则融却雪峰。"

师曰："汝名什么？"

曰："玄机。"

师曰："日织多少？"

曰："寸丝不挂。"

雪峰听了默然不语，玄机十分得意礼拜而退，才走了三步，雪峰禅师说："你的袈裟角拖到地上了！"玄机回头看自己的袈裟，雪峰说："好一个寸丝不挂！"

这是多么机锋敏捷的谈话，玄机尼师的寸丝不挂立即被雪峰禅师勘破。这个公案使我们知道从"清茶素帕"到"寸丝不挂"之间是多么遥远的路途。

另一个公案是唐朝大诗人白居易去参惟宽禅师。

白居易："何以修心？"

惟宽："心本无损伤，云何要理？无论垢与净，切勿起念。"

白居易："垢即不可念，净无念可乎？"

惟宽："如人眼睛上一物不可住，金屑虽珍宝，在眼亦为病。"

惟宽禅师的说法，使我们知道，纵是净的念头也像眼睛里的金屑，并不值得追求。那么，若能垢净不染，则欢乐自然也不可求了。

禅师不着于生命，乃至不着一切意念的垢净，并不表示清净的人必须逃避浊世人生。在《西厢记》里有两句话："你也掉下半天风韵，我也飘去万种思量。"是说如果你不是那样美丽，我也不会如此思念你了。金圣叹看到这两句话就批道："昔时有人嗜蟹，有人劝他不可多食，他就发誓说：'希望来生我见不着蟹，也免得我吃蟹。'"这真是妙批，是希望从逃避外缘来免得爱恨的苦恼，但禅师不是这样的，他是从内心来根除染着，外缘上反而能不避，甚至可以无畏地承当了。也就是在繁花似锦之中，能向万里无寸草处行去！

宗宝禅师说得非常清楚透彻：

> 圣人所以同者心也，凡人所以异者情也。此心弥满清净，中不容他，遍界遍空，如十日并照。觌面堂堂，如临宝镜，眉目分明。虽则分明，而欲求其体质，了不可得。虽不可得，而大用现前，折、旋、俯、仰，见、闻、觉、知，一一天真，无暂时休废。直下证入，名为得道。得时不是圣，未得时不是凡。只凡人当面错过，内见有心，外见有境，昼夜纷纭，随情造业，诘本穷源，实无根蒂。若是达心高士，一把金刚王宝剑，逢着便与截断，却不是遏捺念虑，屏除声色。一切时中，凡一切事，都不妨他，只是事来时不惑，事去时不留。

真到寸丝不挂的禅者，他不是逃避世界的，也不是遏止捺住念头或挂虑，当然更不是屏除一切声色，他只是——天真地面对世界，而能"事来时不惑，事去时不留"。

这是多么广大、高远的境界！

我们凡夫几乎是做不到——天真，不惑不留的，却也不是不能转化忧欢的人生历练。我听过这样的故事：一位女歌手在演唱会中场休息的时候，知道了母亲过世的消息，她擦干眼泪继续上台做未完的表演，唱了许多欢乐之歌，用悲哀的泪水带给更多人欢笑。

在这个世界上，还有更多的演员与歌手，他们必须在心情欢愉时唱忧伤之歌，演悲剧的戏；或者在饱受惨痛折磨时，还必须唱欢乐的歌，演喜剧的戏。而不管他们演的是喜是悲，都是为了化解观众生命的苦恼，使忧愁的人得到清洗，使欢喜的人更感觉幸福。文学家、音乐家、艺术家等心灵工作者，无不是这样子的。

实际人生也差不多是这样子，微笑的人可能是在掩盖心中的伤痛，哀愁者也可能隐藏或忽略了自己的幸福，更多的时候，是忧与欢的泪水同时流下。

不管是快乐或痛苦，人生的历程有许多没有选择余地的经验，这是有情者最大的困局。我们也许做不到禅师那样明净空如，但我们可以转换另一种表现，试图去跨越困局，使我们能茶青水清，并用来献给与我们一样有情的凡人，以自己无比的悲痛来疗治洗涤别人生命的伤口，困局经常是这样转化，心灵往往是这样逐渐清明的。

因此，让我们幸福的时候，唱欢乐之歌吧！

让我们忧伤的时候，更大声地唱欢乐之歌吧！

忧欢虽是有情必然的一种联结，但忧欢也只是生命偶然的一场派对！

记忆的版图

一位长辈到大陆探亲回来，说到他在家乡遇到兄弟，相对地坐了半天还不敢相认，因为已经一丝一毫都认不出来了。

在他的记忆里，哥哥弟弟都还是剃着光头，蹲在庭前玩泥巴的样子，这是他离开家乡时的影像，经过四十年还清晰一如昨日。经过时间空间的阻隔，记忆如新，反而真实的人物是那样陌生，找不到与记忆的一丝重叠之处。

更使他惊诧的是，他住过的三合院完全不见了，家前的路不见了，甚至家后面的山铲平了，家前的海也已退到了远方。

他说："我哥哥指着我们站立的地方，说那是我们从前的家，我环顾四周竟流下泪来，如果不是有亲人告诉我，只有我自己站在那里的话，完全认不出那是我从童年到少年，住过十七年的地方。"

这使他迷茫了，从前的记忆是真实的，眼前的现实也是真实的，但在时间空间中流过时，两者却都模糊，成为两个毫不相连的梦境。在此地时，回观彼处是梦，在彼地时，思及此处也是梦了。到最后，反而是记忆中的版图最真实，虽然记忆中的情景已然彻底消失了。

这位长辈回来后怅惘了很久，认为是"四十年来家国，三千里地山河"的缘故，才让他难以跳接起记忆中沦落的事物。其实不然，有时不必走得太远，不必经过太久的时光，我们也可以感受到这种怅惘。

我有一个朋友，他每次坐在台北松江路六福客栈的咖啡厅时，总会指着咖啡厅的地板，说："你们相不相信，这一块是我小时候卧室的所在，我就睡在这个地方，打开窗户就是稻田，白天可以听到蝉声，夜里可以听见青蛙唱歌，这想起来就像是梦一样了。"那梦还不太远，但时空转换，梦却碎得很快。

记忆的版图在我们的心中是真实的，它就如同照相机拍下的静照，这里有我走过的一条路，爬过的一座山；那里有我游过泳、捞过虾的河流；还有我年幼天真值得缅怀的身影。这版图一经确定，有如照相纸在定影液中定影，再也无法改变，于是，当我们越过时空，发现版图改变了，心里就仿佛受到伤害，甚至对时间空间都感到遗憾与酸楚。

两相对照之下，我们往往否定了现在的真实，因为记忆的版图经过洗涤、美化，像雨雾中的玫瑰，美丽无方，丑陋的现实世界如何可以比拟呢？

其实，在记忆中的事物原来可能不是那么美好的，当时比现在流离、颠沛、贫困，甚至面临了逃难的骨肉离散的苦厄，但由于距离，觉得也可以承受了。现在的真实也不一定丑陋，只是改变了，而我们竟无法承担这种改变。

最近我和朋友在黄昏时走过大汉溪畔，他感慨地说："我从前时常陪伴母亲到溪畔洗衣，那时的大汉溪还清澈见底，鱼虾满布，现在却变成这样子，真是不可想象的。到现在我还时常恍惚听见母亲捣衣的声音。"朋友言下之意，是当年在大汉溪畔的岁月，包括溪水、远山、母亲的背影、捣衣的杵声，都是非常美丽的。其中有一个最重要的原因，就是他已失去了母亲，没有母亲的大汉溪已失去了昔日之美。

我对朋友说："其实，你抬起头来，暂时隐藏你的记忆，你会看见大汉溪还是非常美的，夕阳、彩霞、水草、卵石、鸭群，还有偶尔飞来的白鹭鸶，无一不美。"

朋友听了沉默不语，我问说："如果你的母亲还在，你希望她继续来溪边捣衣，还是在家里用洗衣机洗衣服？"

朋友笑了。

是的，记忆是记忆，现实是现实，以记忆判断现实，或以现实来观察记忆，都容易令我们陷入无谓的感伤。

如何才能打破我们心中记忆与现实间的那条界限呢？在我们这一代或上一代，所谓记忆的版图最优美的一段，是农业时代那种舒缓、简单、平静、纯朴、依靠劳力的田园；而我们下一代记忆的版图或我们当下的现实却是急促、复杂、转动、花俏、依靠电子科学生活的城乡。如果我们是现代鬼，就会否定昔日生活的意义；如果我们是怀旧的人，就会否认现代生活之美。这必然使我们的成长变为对立、二元、矛盾、抗争的线。

其实，不一定要如此决然。我想起日本近代的禅学大师铃木大拙，有一次一位沉醉于东方禅学的瑞士籍教授千里迢迢来拜望他，这位瑞士教授提出自己对东方西方分别的见解，他说："使人走向幸福之路的方法有二，一是改变外在的环境，例如热得不堪时，西方人用冷气机来降低温度。另一个方法是改变内部的自己，例如热得不堪时，禅者灭去心头火而得到清凉。前者是西方发达的科学、技术的方法，后者是东方，尤其是禅所代表的、主体的方法。"

这位教授说得真好，并以之就教于铃木大拙。铃木的回答更好，他说，禅并非与科学对立的主观精神，发明冷气机的自觉中就有禅的存在，禅不只是东方过去文化的财产，而是要在现代里生存着、活动着、自觉着的东西，此所以禅不违背科学，而是合乎科学、包容科学、超越科学的。制造更多、更普遍的冷气机，使人人清凉的科学行为中就有禅的存在。

从这个故事里，我们知道主张空明的禅并非虚无，而是应该涵容时空变迁中一切现实的景况，在两千多年前，禅心固已存在，推到更远的时空中，禅心何尝不在呢？纵使在最科技前卫的时代，一切为人类生活前景而创造的行为中，禅又何尝不在呢？如果要把禅心从科技、方法中独存抽离出来，禅又如何活生生地来救济这个时代的心灵呢？所以说，在燠热难忍的暑天，汗流满地的坐禅固然表现了禅者清凉的风格，若能在空气调节的凉爽屋内坐禅，何尝不能得到开悟的经验呢？

禅心里没有断灭相，在真实的生活、实际人生的历程中也没有断灭。记忆，乃是从前的现实；现在，则是未来的记忆。一个人若未能以自然的观点来看记忆的推移、版图的改变，就无法坦然无碍面对当下的生活。

我们在生命中所经验的一切，无非都是一些形式的展现，过去我们面对的形式与目前所面对的形式有差异，我们真实的自我并未改变，农村时代在农田中播种耕耘的少年的我，科技时代在冷气房中办公的中年之我，还是同一个我。

学禅的人有参公案的方法，公案是在开发禅者的悟，使其契入禅心。我觉得参禅的人最简易的方法，就是把自己当成公案，一个人若能把自己的矛盾彻底地统一起来，使其和谐、单纯、柔软、清明，使自己的言行一致，有纯一的绝对性，必然会有开悟的时机。人的矛盾来自于身、口、意的无法纯一，尤其是意念，在时空的变迁与形式的幻化里，我们的意念纷纭，过去的忧伤喜乐早已不在，我们却因记忆的版图仍随之忧伤喜乐，我们时常堕落于形式之中，无法使自己成为自己，就找不到自由的入口了。

我喜欢一则《传灯录》的公案：

有一位修行僧去问玄沙师备禅师：

"我是新来的人，什么都不知道，请开示悟入之道。"

禅师沉默地谛听一阵，反问：

"你能听到河水的声音吗？"

"能听到。"

"那就是你的入处，从那里进入吧！"

在《碧岩录》里也有一则相似的公案：

窗外下着雨的时候，镜清禅师问他的弟子：

"门外是什么声音？"

"是雨的声音。"弟子回答说。

禅师说："太可悯了，众生心绪不安，迷失了自己，只在追求外面的东西。"

河水的声音、雨的声音、风的声音，乃至鸟啼花开的声音，天天都充盈了我们的耳朵，但很少人能从声音中回到自我，认识到我才是听的主体，返回了自我，一切的听才有意义呀！这天天迷执于听觉的我，究是何人呀？《碧岩录》中还有一则故事，说古代有十六个求道者，一心致力求道都未能开悟，有一天去沐浴时，由于感觉到皮肤触水的快感，十六个人一起突悟了本来面目。每次洗澡时想到这个故事，就觉得非凡的动人，悟的入处不在别地，在我们的眼睛、耳朵、意念、触觉的出入里，是经常存在着的！

我们的记忆正如一条流动的大河，我们往往记住了大河流经的历程、河边的树、河上的石头、河畔的垂柳与鲜花，却常常忘记大河的本身，事实上，在记忆的版图重叠之处，有一些不变的事物，那就是一步一步踏实地、经过种种历练的自我。

在混沌未分的地方，我们或者可以溯源而上，超越记忆的版图，找到一个纯一的、全新的自己！

黄昏月娘要出来的时候

开车从大溪到莺歌的路上，黄昏悄悄来临了，原本澄明碧绿的山景先是被艳红的晚霞染赤，然后在山风里静静地黯淡下来，大汉溪沿岸民房的灯盏一个一个被点亮。

夏天已经到了尾声，初秋的凉风从大汉溪那头绵绵地吹送过来。

我喜欢黄昏的时候，在乡间道路上开车或散步，这时可以把速度放慢，细细品味时空的一些变化，不管是时间或空间，黄昏都是一个令人警醒的节点，在时间上，黄昏预示了一天的消失，白日在黑暗里隐遁，使我们有了被时间推迫而不能自主的悲感；在空间上，黄昏似乎使我们的空间突然缩小，我们的视野再也不能自由放怀了，那种感觉就像电影里的大远景被一下子跳接到特写一般，我们白天不在乎的广大世界，黄昏时成为片段的焦点——我们会看见橙红的落日、涌起的山岚、斑灿的彩霞、墨绿的山线、飘忽的树影，都有如定格一般。

事实上，黄昏与白天、黑夜之间并没有断绝，日与夜的空间并不因黄昏而有改变，日与夜的时间也没有断落，那么，为什么黄昏会给我们这么特别的感受呢？欢喜的人看见了黄昏的优美，苦痛的人看见了黄昏的凄凉；热恋的人在黄昏下许诺誓言；失恋的人则在黄昏时看见了光明绝望的沉落。

就像今天开车路过乡间的黄昏，坐在我车里的朋友都因为疲倦而沉沉睡去了，穿过麻竹防风林的晚风拍打着我的脸颊，我感觉到风的温柔、体贴与优雅，黄昏的风是多么静谧，没有一点声息。突然一轮巨大明亮的月亮从山头跳跃出来，这一轮月亮的明度与巨大，使我深深地震动，才想起今天是农历六月十八日，六月的明月是一点也不逊于中秋。

我说看见月亮的那一刻使我深深震动，一点也不夸张，因为我心里不觉地浮起两句有一些忧伤的歌词：

每日黄昏月娘要出来的时候
加添阮心内的悲哀

这两句歌词是一首闽南语歌《望你早归》的歌词，记得它的原作词者杨三郎先生曾说过他作这首歌的背景，那时台湾刚刚光复，因为经历了战乱，他想到每一个家庭都有人离散在外，凡有人离散在外，就会有思念的人，而思念，在黄昏夜色将临时最为深沉和悠远，心里自然有更深的悲意，他于是自然地写下了这一首动人的歌，我最爱的正是这两句。

现在时代已经改变了，战乱离散的悲剧不再和从前一样，但是大家还是爱唱这首歌，原因在于，每个人的心灵深处都埋藏着远方的人呀！我觉得在人的情感之中，最动人的不一定是死生相许的誓言，也不一定是缠绵悱恻的爱恋，而是对远方的人的思念。因为，死生相许的誓言与缠绵悱恻的爱恋都会破灭、淡化，甚至在人生中完全消失，唯有思念能穿破时间和空间的阻隔，永久在情感的水面上开花，有如每日黄昏时从山头升起的月亮一样。

远方的思念是情感中特别美丽的一种，可惜在这个时代的人已经逐渐消失了这种情感，就好像愈来愈少人能欣赏晚上的月色、秋天的白云、山间的溪流一般，人们总是想，爱就要轰轰烈烈，要情欲炽盛，要合乎时代的潮流，于是乎，爱的本质就完全地改变了。

思念的情感不是如此，它是心中有情，但眼睛犹能穿透情爱有一个清明的观点。一如太阳在白云之中，有时我们看不见太阳，而大地仍然是非常明亮，太阳是永远在的，一如我们所爱的人，不管他是远离、是死亡、是背弃，我们的思念永远不会失去。

佛经里告诉我们："生为情有"，意思是人因为有情才会投生到这个世界。因此凡是生活在这个世界的人，必然会有许多情缘的纠缠，这些情缘使我们在爱河中载沉载浮，使我们在爱河中沉醉迷惑，如果我们不能在情爱中维持清明的距离，就会在情与爱的推迫之下，或贪恋，或仇恨，或愚痴，或苦痛，或堕落，或无知地过着一生。

尤其是情侣的失散几乎是不可避免的必然了，通常，情感失散的时候会使我们愁苦、忧痛，甚至怀恨，但是我们必须认识到愁苦、忧痛、怀恨都不能挽救或改变失散的事实，反而增添了心里的遗憾。有时我们会感叹，为什么自己没有菩萨那样伟大的情怀，能站在超拔的海面晴空丽日之处，来看人生中波涛汹涌如海的情爱。

其实也没有关系，假如我们不能忘情，我们也可以从情爱中拔起身影，有一个好的面对，这种心灵的拔起，即是以思念之情代替憾恨之念，以思念之情转换悲苦的心。思念虽有悲意，但那样的悲意是清明的，乃是认识了人生的无常、情爱不能永驻之实相，对自我、对人生、对伴侣的一种悲悯之心。

释迦牟尼佛早就看清了人间有免不了的八苦，就是生、老、病、死、爱别离、怨憎会、所求不得、烦恼炽盛，这八苦的来由，归纳起来，就是一个"情"字，有情必然有苦，若能使情成为思念的流水，则苦痛会减轻，爱恨不至于使我们窒息。

我们都是薄地的凡夫，我很喜欢"凡夫"这两个字，凡夫的"凡"字中间有一颗大心，凡夫之所以永为凡夫，正是多了一颗心，这颗心有如铅锤，蒙蔽了我们自性的清明，拉坠使我们堕落，若能使凡夫之心有如黄昏时充满思念的明月，则即使有心，也是无碍了。能以思念之情来转换情爱失落败坏的人，就可以以自己为灯，作自己的归依处，纵是含悲忍泪，也不会失去自己的光明。

佛陀曾说："情感是由过去的缘分与今世的怜爱所产生，宛如莲花是由水和泥土这两样东西所孕育。"是的，过去的缘分是水，今生的怜爱是泥土，然后开出情感的莲花。

人的情感如果是莲花，就不应该有任何的染着。假如我们会思念、懂得思念、珍惜思念，我们的思念就会化成情感莲花上清明的露水，在清晨或黄昏，闪着炫目的七彩。

　　　　每日黄昏月娘要出来的时候
　　　　加添阮心内的悲哀

我轻轻地唱起了这首《望你早归》的思念之歌，想象着这流动在山林中的和风，有可能是我们思念的远方的人轻轻地呼吸，在千山万水之外，在千年万岁之后，我们的思念是一枚清楚的戳印，它让我们来到这个世界，不失前世的尘缘；它让我们转入未来的时空，还带着今生的记忆。

引动我们悲意的月亮，如果我们能清明，也会使我们心中的明月在乌云密布的山水之间升起。

我想起两句偈：

　　　　心清水现月
　　　　意定天无云

然后我踩下油门，穿过林间的小路，让风吹过，让月光肤触，心中响着夜曲一般小提琴的声音，琴声围绕中还有一盏灯火，我自问着：远方的人不知听不听得见这思念的琴声？不知看不看得见这光明的灯盏？

你呢？你听见了吗？你看见了吗？

怀君与怀珠

在清冷的秋天夜里，我穿过山中的麻竹林，偶尔抬头看见了金黄色的星星，一首韦应物的短诗从我的心头流过：

怀君属秋夜，
散步咏凉天。
空山松子落，
幽人应未眠。

我很为这瞬间浮起的诗句而感到一丝震动，因为我到竹林，并不是为了散步，而是到一间寺院的后山玩，不觉间天色就晚了（秋天的夜有时来得出奇的早），我就赶着回家的路，步履是有点匆忙的。并且，四周也没有幽静到能听见松子的落声，根本是没有一株松树的，耳朵里所听见的是秋风飒飒的竹叶（夜里有风的竹林还不断发出咿咿歪歪的声音），为什么这一首诗会这样自然地从心田里开了出来？

也许是我走得太急切了，心境突然陷于空茫，少年时期特别钟爱的诗就映现出来了。

我想起了上一次这首诗流出心田的时空，那是前年秋天我到金门去，夜里住在招待所里，庭院外种了许多松树，金门的松树到秋冬之际会结出许多硕大的松子。那一天，我洗了热乎乎的澡，正坐在窗前擦拭湿了的发，忽然听见院子里传来哗哗剥剥的声音，我披衣走到庭中，发现原来是松子落地的声音，"呀！原来松子落下的声音是如此的巨大！"我心里轻轻地惊叹着。

捡起了松子捧在手上，韦应物的诗就跑出来了。

于是，我真的在院子里独自地散步，虽然不在空山，却想起了从前的、远方的朋友，那些朋友有许多已经多年不见了，有一些也失去了消息，可是在那一刻仿佛全在时光里会聚。一张张脸孔，清晰而明亮。我的少年时代是极平凡的，几乎没有什么可歌可泣的事迹，但是在静夜里想到曾经一起成长的朋友，却觉得生活是可歌可泣的。

我们在人生里，随着岁月的流逝而感觉到自己的成长（其实是一种老去），会发现每一个阶段都拥有了不同的朋友，友谊虽不至于散失，聚散却随因缘流转，常常转到我们一回首感到惊心的地步。比较可悲的是，那些特别相知的朋友往往远在天际，泛泛之交却在眼前，因此，生活里经常令我们陷入一种人生寂寥的境地。"会者必离"，"当门相送"，真能令人感受到朋友的可贵，朋友不在身边的时候，感觉到能相与共话的，只有手里的松子，或者只有林中正在落下的松子！

在金门散步的秋夜，我还想到《菜根谭》里的几句话：

风来疏竹，风过而竹不留声；雁渡寒潭，雁去而潭
不留影。故君子事来而心始现，事去而心随空。

朋友的相聚，情侣的和合，有时心境正是如此，好像风吹过
了竹林，互相有了声音的震颤，又仿佛雁子飞过静止的潭面，互
相有了影子的照映，但是当风吹过，雁子飞离，声音与影子并不
会留下来。可惜我们做不到那么清明一如君子，可以"事来而心
始现，事去而心随空"，却留下了满怀的惆怅、思念，与惘然。

平凡人总有平凡人的悲哀，这种悲哀乃是寸缕缠绵，在撕裂
的地方、分离的处所，留下了丝丝的穗子。不过，平凡人也有平
凡人的欢喜，这种欢喜是能感受到风的声音与雁的影子，在吹过
飞离之后，还能记住一些椎心的怀念与无声的誓言。悲哀有如橄
榄，甘甜后总有涩味；欢喜则如梅子，辛酸里总有回味。

那远去的记忆是自己，现在面对的还是自己，将来不得不生
活的也是自己，为什么在自己里还有另一个自己呢？站在时空之
流的我，是白马还是芦花？是银碗或者是雪呢？

我感觉怀抱着怀念生活的人，有时候像白马走入了芦花的林
子，是白茫茫的一片；有时候又像银碗里盛着新落的雪片，里外
都晶莹剔透。

在想起往事的时候，我常惭愧于做不到佛家的境界，能对境
而心不起，我时常有的是对于逝去的时空有一些残存的爱与留
恋，那种心情是很难言说的，就好像我会珍惜不小心碰破口的茶

杯，或者留下那些笔尖磨平的钢笔；明知道茶杯与钢笔都已经不能用了，也无法追回它们如新的样子。但因为这只茶杯曾在无数的冬夜里带来了清香和温暖，而那支钢笔则陪伴我度过许多思想的险峰，记录了许多过往的历史，我不舍得丢弃它们。

人也是一样，对那些曾经有恩于我的人，那些曾经爱过我的朋友，或者那些曾经在一次偶然的会面启发过我的人，甚至那些曾践踏我的情感，背弃我的友谊的人，我都有一种不忘的本能。有时不免会苦痛地想，把这一切都忘得干净吧！让我每天都有全新的自己！可是又觉得人生的一切如果都被我们忘却，包括一切的忧欢，那么生活里还有什么情趣呢？

我就不断地在这种自省之中，超越出来，又沦陷进去，好像在野地无人的草原放着风筝，风筝以竹骨隔成两半，一半写着生命的喜乐，一半写着生活的忧恼，手里拉着丝线，飞高则一起飞高，飘落就同时飘落，拉着线的手时松时紧，虽然渐去渐远，牵挂还是在手里。

但，在深处里的疼痛，还不是那些生命中一站一站的欢喜或悲愁，而是感觉在举世滔滔中，真正懂得情感，知道无私地付出的人，是愈来愈少见了。我走在竹林里听见飒飒的风声，心里却浮起"空山松子落，幽人应未眠"的句子正是这样的心情。

韦应物寄给朋友的这首诗，我感受最深的是"怀君"与"幽人"两词，怀君不只是思念，而有一种置之怀袖的情致，是温暖、明朗、平静的，当我们想起一位朋友，能感到有如怀袖般贴心，这才是"怀君"！而幽人呢？是清雅、温和、细腻的人，这样的朋友一生里遇不见几个，所以特别能令人在秋夜里动容。

朋友的情义是难以表明的，它在某些质地上比男女的爱情还要细致，若说爱情是彩陶，朋友则是白瓷，在黑暗中，白瓷能现出它那晶明的颜色，而在有光的时候，白瓷则有玉的温润，还有水晶的光泽。君不见在古董市场里，那些没有瑕疵的白瓷，是多么名贵呀！

　　当然，朋友总有人的缺点，我的哲学是，如果要交这个朋友，就要包容一切的缺点，这样，才不会互相折磨、相互受伤。

　　包容朋友就有如贝壳包容珍珠一样，珍珠虽然宝贵而明亮，但它是有可能使贝舌受伤的，贝壳要不受伤只有两个法子，一是把珍珠磨圆，呈现出其最温润光芒的一面；一面是使自己的血肉更柔软，才能包容那怀里外来的珍珠。前者是帮助朋友，使他成为"幽人"，后者是打开心胸，使自己常能"怀君"。

　　我们在混乱的世界希望能活得有味，并不在于能断除一切或善或恶的因缘，而要学习怀珠的贝壳，要有足够广大的胸怀来包容，还要有足够柔软的风格来承受！

　　但愿我们的父母、夫妻、儿女、伴侣、朋友都成为我们怀中的明珠，甚至那些曾经见过一面的、偶尔擦身而过的、有缘无缘的人都成为我怀中的明珠，在白日、在黑夜都能散放互相映照的光芒。

无常两则

我们认识的第一个秋天

我们认识的第一个秋天，确是在这里，我在巷子里走了很久才认出来。

我们曾坐在一起看云的阶梯，现在已经完全崩坏了，只剩下一些石块的残迹。

我们曾站着彻夜谈天的那一棵凤凰木，有半边的枝丫被雷劈断了，另一边零落地开着花。

我们曾无数次在黄昏走过的草地，现在是一排灰色的公寓，上面装满了锈去的铁窗，以及努力从铁窗探头的盆栽植物。

我们曾在湖边谈诗的榕树不见了，湖已完全填平，现在是一个养鸡场。

这些都不是我认出这个地方的理由，我认出这个地方是因为偶然走过，而又有一些当年秋天的心情。还有那一年刚种上去的相思树，现在开满鹅黄色的小花，那相思树虽长大开花，树形一点也没有改变。

站在相思树前，我的心情和那绒绒的黄花一样茫然，我的思绪被这种茫然一把抓住，使我对自己、对青春的岁月感到非常陌生，不敢确定我是不是真的认识过自己或认识过你，那种感觉，仿佛有一条蛇从心头轻轻地滑过去。

我们认识的第一个秋天，竟是在这里吗？

离去的小路

这竟是当年你离去的那一条小路吗？阶梯上的榕树还是原来的样子（似乎又老了一些），路旁的金急雨花仍然盛开（仿佛没有从前那么艳黄），巷子口的路灯也在原来的位置（如若缺乏昔日的光明），你家的窗口还是有我熟悉的灯光（但是窗帘好像换过了）。

这竟是当年你离去的那一条小路吗？你说过你不是轻易道别的人（你的话总像春天的风吹过），你说过你愿意一生只爱一次（你的誓言有如夏日午后的西北雨），你常常用泪来印证某些情爱的不朽（你的泪轻忽得似秋日流过的浮云），你说天下总会有一种永恒的情意（你这样说时，就像很冷很冷的冬天清晨我们口中所呼出的雾气）。

这竟是当年你离去的那一条小路吗？我试着用年轻时欢跃的碎步来走（但我已胖了），我试着以深深的呼吸来探触（但空气污染了），我试着想象你的唇、你的表情、你的气息、你的五官（但真像电影的柔焦镜头，带着模糊的一种忧郁）。

这竟是我看着你离去的小路吗？我看到红砖已全部换新了，路竟像自己走了起来，我站着，让路带着我，然后我们高高地飞起。

在空中我看见年轻的自己正在路上，身影极小，吹着口哨，哨音里有忧伤凄楚的调子。

血的桑椹

在遥远的梦一般的巴比伦城，隔着一道墙住着匹勒姆斯和西丝比，匹勒姆斯是全城最英俊的少年，西丝比则是全城最美丽的少女。

隔着古希腊那高大而坚固的石墙，他们一起长大，并且只是对望一眼就互相深深牵动对方的心，他们的爱在墙的两边燃烧。可惜，他们的爱却遭到双方父母的反对，使他们站在墙边的时候都感到心碎。

但热恋中的男女总是有方法传递他们的讯息，匹勒姆斯与西丝比共同在那道隔开两家的墙上找到一丝裂缝，那条裂缝小到从来没有被人发现，甚至伸不进一根小指头。可是对匹勒姆斯与西丝比来说已经足够让他们倾诉深切的爱，并传达流动着深情的眼神。

他们每天在裂缝边谈心，一直到黄昏日落，一直到夜晚来临不得不分开的时候，才互相紧贴着墙，仿佛互相热烈地拥抱，并投以无法触及对方嘴唇的深吻。

每一个清晨，就是微曦刚刚驱走了天上的星星，露珠还沾在园中的草尖，匹勒姆斯与西丝比就偷偷来到裂缝旁边，倚着那一道隔阻他们的厚墙，低声吐露难以抑压的爱意，并痛苦地为悲惨的命运痛哭。

　　有时候，他们互视着含泪的眼睛，一句话也说不出来。

　　这样过了一段时间以后，他们终于决定逃离命运的安排，希望能逃到一个让他们自由相爱的地方。于是，他们相约当天晚上离家出走，偷偷出城，逃到城外树林墓地里一株长满雪白浆果的桑树下相会。

　　他们终于等到了夜晚，西丝比在夜色的掩护下逃出家里的庄园，她独自向郊外的树林走去。她虽然是从未在夜晚离家的千金小姐，但在黑路里走着却一点也不害怕，那是由于爱情的力量；她渴望着和匹勒姆斯相会，使她完全忘记了恐惧。

　　很快的，西丝比就来到了墓地，站在长满雪白色浆果的桑树下，这一棵高大的桑树在夜色中是多么柔美，微风一吹，每一片树叶都仿佛是歌唱着一般。而月光里的桑椹果格外的洁白，如同天空中照耀的星星。西丝比看着桑果，温柔而充满信心地等待匹勒姆斯，因为就在那一天的清晨，他们曾在墙隙中相互起誓，不管多么困难，都要在桑树下相会，若不相见，至死不散。

　　正当西丝比沉醉在爱情的幻想里，她看到从很远的地方走来一只狮子，那只狮子显然刚刚狙杀了一只动物，下巴还挂着正在滴落的鲜血，它似乎要到不远处去饮泉水解渴。看到狮子，西丝比惊惶地逃走了，她走得太仓促，遗落了披在身上的斗篷。

　　喝完泉水的狮子要回去时路过桑树，看到落在地上犹温的斗篷，把它撕成粉碎，才大摇大摆地走入深林。

狮子走了才几分钟，匹勒姆斯来到桑树下，正为见不到西丝比而着急，转头却看见落了满地的斗篷碎片，上面还沾了斑斑血迹，地上还留着狮子清晰的脚印。他忍不住痛哭起来，因为他意识到西丝比已被凶猛的野兽所噬。他转而痛恨自己，因为他没有先她抵达，才使她丧失了性命，他依在桑树干上流泪，并且责备自己："是我杀了你！是我杀了你！"

他从地上拾起斗篷碎片，深情地吻着，他抬起头来望向满树的雪白浆果说："你将染上我的鲜血。"于是，他拔出剑来刺向自己的心窝，鲜血向上喷射，顿时把所有的浆果都染成血一样鲜红的颜色。

匹勒姆斯缓缓地倒在地上，脸上还挂着悔恨的泪珠，死去了。

逃到了远处的西丝比，她固然害怕狮子，却更怕失去爱人，就大着胆子冒险回到桑树下，站在树下时，她非常奇怪那些如星星洁白闪耀的果子不见了，她惊疑地四下搜寻，发现地上有一堆黑影，定神一看，才知道是匹勒姆斯躺在血泊里，她扑上去搂抱他，亲吻他冰冷的嘴唇，声嘶力竭地说："醒来呀！亲爱的！是我呀，你的西丝比，你最亲爱的西丝比。"已经死去的匹勒姆斯的眼睛突然张开，望了她一眼，眼中流泪、出血，又合了起来，这一次，死神完完全全把他带走了。

西丝比看见他手中滑落的剑，以及另一只手握着沾满血迹的斗篷碎片，心里就明白了发生过的事。

她流着泪说："是你对我的挚爱杀了你，我也有为你而死的挚爱，在这个世界上，即使死神也没有力量把我们分开。"于是，她用那把还沾着爱人血迹的剑，刺进自己的心窝，鲜血喷射到已经被染红的桑椹，桑果更鲜红了，红得有如要滴出血来。

从那个时候开始，全世界的桑椹全部变成红色，仿佛是在纪念匹勒姆斯与西丝比的爱情，也成为真心相爱的人永恒的标志。

这是一个多么动人的爱情故事，原典出自希腊神话，我做了一些改写。

匹勒姆斯与西丝比的故事，可以说是"希腊悲剧"的原型，后来西方的许多悲剧，例如罗密欧与朱丽叶、维特与夏绿蒂等等，都是从这个原型发展出来的。虽然有无数的文学家用想象力与优美的文采，丰富了许多爱情故事，但这原型的故事并未失去其动人的力量。

我在十八岁时第一次读《匹勒姆斯与西丝比》就深受感动，当时在乡下，我家的后院里就有两棵高大的桑树正结出红得像血一样的浆果，从窗子望出去，就浮现出匹勒姆斯和西丝比倒地的一幕，血，有如满天的雨，洒在桑椹上，格外给人一种苍凉的感觉。

我们当然知道，染血的桑椹无非是希腊古代文学家的幻想，可是桑椹也真的像血一样。桑椹可能是世界上最脆弱的水果，采的时候一定要小心翼翼，否则立即破皮流"血"。它几乎也很难带去市场出售，因为只要很短的时间，它的"血浆"就会自动流出。

桑椹是非常甜的水果，熟透的桑椹是接近紫色的，甜得像蜜一样。但我们通常难得等到它成为紫色，总是鲜红的时候就摘下来，洗净，拌一点糖，吃起来甜中微带着流动的酸味，那滋味应该像是匹勒姆斯和西丝比隔着围墙相望一般。

年幼的时候吃桑椹，并没有特别的印象，自从读了这一则神话，桑椹的生命就活了起来，红色的桑椹因此充满了爱与美、酸楚与苦痛的联想，那见证了爱之心灵不朽的桑椹，也给我们对永恒之爱的向往。

可叹的是，爱的真实里，悲剧的原型仍然是最普遍的。在这样的悲剧里，巴比伦城郊外的那一棵桑树，除了见证了爱的不朽，还见证了什么呢？

可以说它是看到了因缘的无常。所有的爱情悲剧都是因缘的变迁和错失所造成的。它也没有一定的面目。在围墙的缝隙中，爱的心灵也可以茁壮长大，至于是不是结果，就要看在广大的桑树下有没有相会的因缘了。

一对情侣能不能在一起，往往要经过长久的考验，那考验有如一头凶猛的犹带着血迹的狮子，它不一定能伤害到爱情的本质，却往往使爱情走了岔路。

当我们看到西丝比到桑树下几分钟，狮子来了。狮子走了几分钟，匹勒姆斯来了。匹勒姆斯倒下几分钟，西丝比来了……这正是爱情因缘的"错谬性"，看到一步一步推进悲剧的深渊，即使是桑树也会为之泣血。

像匹勒姆斯与西丝比那样惨烈的经验可能是少见的，不过，一般人到了中年，如果回想自己遭遇的爱情悲剧，就有如发生在桑树下那神话一样的错谬，往往只要几分钟的时间，可能一个人的生命的历史就要重写。也许有人觉得不然，但一个人的被见离、被遗弃，往往是一念之间的事，比几分钟快得多，有一些悲剧的发生直是急如闪电的。

一位朋友向我描述一对恋人逃难的情况，男的最后一瞬间挤到火车顶上，正伸手要把女的拉上来，火车开了，两人牵着的手硬生生被拉开，男的没有勇气跳下去，女的也上不来，车上车下掩面痛哭。我的朋友当年看到这样的场面，忍不住落泪。

这要怪谁呢？怪男的也不是，怪女的也不是。怪火车吗？谁叫他们不早一分钟到呢？怪时代吗？在最混乱的时代也有人团圆，在最安静的时代也有人仳离呀！要怪，只能怪无常，怪因缘。

其实，千辛万苦热恋结合的伴侣，终生幸福的，又有几人能够呢？

如此说来，匹勒姆斯与西丝比当下的殉情倒还是幸福的，因为他们证明了不在错谬下屈服，要为爱情抗争到底，连死神都不能使他们分开，他们死时至少是心甘情愿的，充满了爱的。人死了，爱情不死，总比爱情死了，人还活着更有动人的质地。

在这个动人的传奇里，最使我震撼的不是匹勒姆斯或西丝比，而是那一棵桑树，桑虽无情，却有永恒的怀抱，要让世人看见桑树时，知道人间有一些爱的心灵不死。

几天前，有人送我一盒桑椹，带着血色的，在夕阳下吃的时候，又使我想起在遥远的巴比伦城郊外，那一棵雪白浆果的桑树——"你将染满我的鲜血"，空中有一个声音这样说。

从此，世界上的桑树浆果全从白色变成红色，成为真心相爱的人永恒的标志。

卡其布制服

过年的记忆，对一般人来说当然都是好的，可是当一个人无法过一个好年的时候，过年往往比平常带来更深的寂寞与悲愁。

有一年过年，当我听母亲说那一年不能给我们买新衣新鞋，忍不住跑到院子里靠在墙砖上哭了出声。

那一年我十岁，本来期待着过年买一套新衣已经期待了几个月。在那个年代，小孩子几乎是没有机会穿新衣的，我们所有的衣服鞋子都是捡哥哥留下的，唯一的例外是过年，只有过年时可以买新衣服。

其实新衣服也不见得是漂亮的衣服，只是买一件当时最流行的特多龙布料制服罢了。但即使这样，有新衣服穿是可以让人兴奋好久的，我到现在都可以记得当时穿新衣服那种颤抖的心情，而新衣服特有的棉香气息，到现在还依稀留存。

在乡下，过年给孩子买一套新制服竟成为一种时尚，过年那几天，满街跑着的都是特多龙的卡其制服，如果没有买那么一件，真是自惭形秽了。差不多每一个孩子在过年没有买新衣，都要躲起来哭一阵子，我也不例外。

那一次我哭得非常伤心，后来母亲跑来安慰我，说明为什么不能给我们买新衣的原因。因为那一年年景不好，收成抵不上开支，使我们连杂货店里日常用品的欠债都无法结清，当然不能买新衣了。

我们家是大家庭，一家子有三十几口，那一年尚未成年的兄弟姊妹就有十八个，一人一件新衣，就是最廉价的，也是一大笔开销。

那一年，我们连年夜饭都没吃，因为成年的男人都跑到外面去躲债了，一下子是杂货店、一下子是米行、一下子是酱油店跑来收账，简直一点解决的办法也没有，那些人都是殷实的小商人，我们家也是勤俭的农户，但因为年景不好，却在除夕那天相对无言。

当时在乡下，由于家家户户都熟识，大部分的商店都可以赊欠的，每半年才结算一次，因此过年前几天，大家都忙着收账，我们家人口众多，每一笔算起来都是不小的数目，尤其在没有钱的时候，听来更是心惊。

有一个杂货店老板说："我也知道你们今年收成不好，可是欠债也不能不催，我不催你们，又怎么去催别人呢？"

除夕夜，大人到半夜才回家来，他们已经到山上去躲了几天了，每个人都是满脸风霜，沉默不言，气氛非常僵硬。依照习俗，过年时的欠债只能催讨到夜里子时，过了子时就不能讨债了，一直到初五"隔开"时，才能再上门要债。爸爸回来的时候，我们总算松了口气，那时就觉得，没有新衣服穿也不是什么要紧，只要全家人能团聚也就好了。

第二天，爸爸还带着我们几个比较小的孩子到债主家拜年，每一个人都和和气气的，仿佛没有欠债的那一回事，临走时，他们总是说："过完年再来交关吧！"

对于中国人的人情礼义，我是那一年才有一些懂了，在农村社会，信用与人情都是非常重要的，有时候不能尽到人情，但由于过去的信用，使人情也并未被破坏。当然，类似"跑债"的行为，也只反映了人情的可爱，因为在双方的心里，其实都是知道一笔债是不可能跑掉的。土地在那里，亲人在那里，乡情在那里，都是跑不掉的。

对生活在都市里的、冷漠的现代人，几乎难以想象三十年前乡下的人情与信用，更不用说对过年种种的知悉了。

对农村社会的人，过年的心比过年的形式重要得多，记得我小时候，爸爸在大年初一早上到寺庙去行香，然后去向亲友拜年，下午他就换了衣服，到田里去水，并看看作物生长的情况，大年初二也是一样，就是再松懈，也会到田里走一两回，那也不尽然是习惯，而是一种责任，因为，如果由于过年的放纵，使作物败坏，责任要如何来担呢？

所以心在过年，行为并没有真正的休息。

那一年过年，初一下午我就随爸爸到田里去，看看稻子生长的情形，走累了，爸爸坐下来把我抱在他的膝上，说："我们一起向上天许愿，希望今年风调雨顺、国泰民安，大家都有好收成。"我便闭起眼睛，专注地祈求上天保佑我们那一片青翠的田地。许完愿，爸爸和我都流出了眼泪。我第一次感觉到人与天地有着浓厚的关系，并且在许愿时，我感觉到愿望仿佛可以达成。

开春以后，家人都很努力工作，很快就把积欠的债务，在春天第一次收成里还清。

那一年的年景到现在仍然非常清晰，当时礼拜菩萨时点燃的香，到现在都还在流荡。我在那时初次认识到年景的无常，人有时甚至不能安稳地过一个年，而我也认识到，只要在坏的情况下，还维持人情与信用，并且不失去伟大的愿望，那么再坏的年景也不可怕。

如果不认识人的真实，没有坚持的愿望，就是天天过年，天天穿新衣，又有什么意思呢？

在梦的远方

　　有时候回想起来，我母亲对我们的期待，并不像父亲那样明显而长远。小时候我的身体差、毛病多，母亲对我的期望大概只有一个，就是祈求我的健康。为了让我平安长大，母亲常背着我走很远的路去看医生，所以我童年时代对母亲留下的第一印象，就是趴在她的背上，去看医生。

　　我不只是身体差，还常常发生意外，三岁的时候，我偷喝汽水，没想到汽水瓶里装的是"番仔油"（夜里点灯用的臭油），喝了一口顿时两眼翻白，口吐白沫，昏死过去。母亲立即抱着我以跑一百米的速度到街上去找医生，那天是大年初二，医生全休假去了，母亲急得满眼泪，却毫无办法。

　　"好不容易在最后一家医生馆找到医生，他打了两个生鸡蛋给你吞下去，又有了呼吸，眼睛也张开了，直到你张开眼睛，我也在医院昏过去了。"母亲一直到现在，每次提到我喝番仔油，还心有余悸，好像捡回一个儿子。听说那一天她为了抱我看医生，跑了将近十公里。

四岁那一年，我从桌子上跳下时跌倒，撞到母亲的缝纫机铁脚，后脑壳整个撞裂了，母亲正在厨房里煮饭。我自己挣扎站起来叫母亲，母亲从厨房跑出来。

"那时，你从头到脚，全身是血，我看到第一眼，浮起心头的一个念头是：这个囡仔无救了。幸好你爸爸在家，坐他的脚踏车去医院，我抱你坐在后座，一手捏住脖子上的血管，到医院时我也全身是血，立即推进手术房，推出来时你叫了一声妈妈，呀！呀！我的囡仔活了，我的囡仔回来了……我那时才感谢得流下泪来。"母亲说这段时，喜欢把我的头发撩起，看我的耳后，那里有一道二十公分长的疤痕，像蜈蚣盘踞着，听说我摔了那一次，聪明了不少。

由于我体弱，母亲只要听到有什么补药或草药吃了可以使孩子的身体好，就会不远千里去求药方，抓药来给我补身体，可能是补得太厉害，我六岁的时候竟得了疝气，时常痛得在地上打滚，哭得死去活来。

"那一阵子，只要听说哪里有先生、有好药，都要跑去看，足足看了两年，什么医生都看过，什么药都吃了，就是好不了。有一天有一个你爸爸的朋友来，说开刀可以治疝气，虽然我们对西医没信心，还是送去开刀了，开一刀，一个星期就好了。早知道这样，两年前送你去开刀，不必吃那么多的苦。"母亲说吃那么多的苦，当然是指我而言，因为她们那时代的妈妈，是从来不会想到自己的苦。

过了一年，我的大弟得小儿麻痹，一星期就过世了，这对母亲是个严重的打击，由于我和大弟年龄最近，她差不多把所有的爱都转到我身上，对我的照顾可以说是无微不至，并且在那几年，对我特别溺爱。

例如，那时候家里穷，吃鸡蛋不像现在的小孩可以吃一个，而是一个鸡蛋要切成"四洲"（就是四片）。母亲切白煮鸡蛋有特别方法，她不用刀子，而是用车衣服的白棉线，往往可以切到四片同样大，然后像宝贝一样分给我们，每次吃鸡蛋，她常背地里多给我一片。有时候很不容易吃苹果，一个苹果切十二片，她也会给我两片。如果有斩鸡，她总会留一碗鸡汤给我。

可能是母亲的照顾周到，我的身体竟奇迹似的好起来，变得非常健康，常常两三年都不生病，功课也变得十分好，很少读到第二名，我母亲常说："你小时候读了第二名，自己就跑到香蕉园躲起来哭，要哭到天黑才回家，真是死脑筋，第二名不是很好了吗？"

但身体好、功课好，母亲并不是就没有烦恼，那时我个性古怪，很少和别的小朋友玩在一起，都是自己一个人玩，有时自己玩一整天，自言自语，即使是玩杀刀，也时常一人扮两角，一正一邪互相对打，而且常不小心让匪徒打败了警察，然后自己蹲在田岸上哭。幸好那时候心理医生没有现在发达，否则我一定早被送去了。

"那时庄稼囡仔很少像你这样独来独往的，满脑子不知在想什么，有一次我看你坐在田岸上发呆，我就坐在后面看你，那样看了一下午，后来我忍不住流泪，心想：这个孤怪囡仔，长大后不知要给我们变出什么出头，就是这个念头也让我伤心不已。

后来天黑，你从外面回来，我问你：'你一个人坐在田岸上想什么？'你说：'我在等煮饭花开，等到花开我就回来了。'这真是奇怪，我养一手孩子，从来没有一个坐着等花开的。"母亲回忆着我童年的一个片段，煮饭花就是紫茉莉，总是在黄昏时盛开，我第一次听到它是黄昏开时不相信，就坐一下午等它开。

不过，母亲的担心没有太久，因为不久有一个江湖术士到我们镇上，母亲先拿大弟的八字给他排，他一排完就说："这个孩子已经不在世上了，可惜是个大富大贵的命，如果给一个有权势的人做儿子，就不会夭折了。"母亲听了大为佩服，就拿我的八字去算，算命的说："这孩子小时候有点怪，不过，长大会做官，至少做到'省议员'。"母亲听了大为安心，当时在乡下做个"省议员"是很了不起的事，从此她对我的古怪不再介意，遇到有人对她说我个性怪异，她总是说："小时候怪一点没什么要紧。"

偏偏在这个时候，我恢复了正常，小学五六年级我交了好多好多朋友，每天和朋友混在一起，玩一般孩子的游戏，母亲反而担心："哎呀！这个孩子做官无望了。"

我十五岁就离家到外地读书了，母亲因为会晕车，很少到我住的学校看我，我们见面的机会就少了，她常说："出去好像丢掉，回来好像捡到。"但每次我回家，她总是唯恐我在外地受苦，拼命给我吃，然后在我的背包塞满东西，我有一次回到学校，打开背包，发现里面有我们家种的香蕉、枣子；一罐奶粉、一包人参、一袋肉松；一包她炒的面茶、一串她绑的粽子，以及一罐她亲手腌渍的凤梨竹笋豆瓣酱……还有一些已经忘了。那时觉得东西多到可以开杂货店。

那时我住在学校，每次回家返回宿舍，和我一起的同学都说是小过年，因为母亲给我准备的东西，我一个人根本吃不完。一直到现在，我母亲还是这样，我一回家，她就把什么东西都塞进我的包包，就好像台北闹饥荒，什么都买不到一样。有一次我回到台北，发现包包特别重，打开一看，原来母亲在里面放了八罐汽水。我打电话给她，问她放那么多汽水做什么，她说："我要给你们在飞机上喝呀！"

高中毕业后，我离家愈来愈远，每次回家要出来搭车，母亲一定放下手边的工作，陪我去搭车，抢着帮我付车钱，仿佛我还是个三岁的孩子。车子要开的时候，母亲都会倚在车站的栏杆向我挥手，那时我总会看见她眼中有泪光，看了令人心碎。

要写我的母亲是写不完的，我们家十五个兄弟姊妹，只有大哥侍奉母亲，其他的都高飞远飏了，但一想到母亲，好像她就站在我们身边。

这一世我觉得没有白来，因为会见了母亲，我如今想起母亲的种种因缘，也想到小时候她说的一个故事：

有两个朋友，一个叫阿呆，一个叫阿土，他们一起去旅行。

有一天来到海边，看到海中有一个岛，他们一起看着那座岛，因疲累而睡着了。夜里阿土做了一个梦，梦见对岸的岛上住了一位大富翁，在富翁的院子里有一株白茶花，白茶花树根下有一坛黄金，然后阿土的梦就醒了。

第二天，阿土把梦告诉阿呆，说完后叹一口气说："可惜只是个梦！"

阿呆听了信以为真，说："可不可以把你的梦卖给我？"阿土高兴极了，就把梦的权利卖给了阿呆。

阿呆买到梦以后就往那个岛上出发，阿土卖了梦就回家了。

到了岛上，阿呆发现果然住了一个大富翁，富翁的院子里果然种了许多茶树，他高兴极了，就留下做富翁的佣人，做了一年，只为了等待院子的茶花开。

第二年春天，茶花开了，可惜，所有的茶花都是红色，没有一株是白茶花。阿呆就在富翁家住了下来，等待一年又一年，许多年过去了，有一年的春天，院子里终于开出一棵白茶花。阿呆在白茶花树根掘下去，果然掘出一坛黄金，第二天他辞工回到故乡，成为故乡最富有的人。

卖了梦的阿土还是个穷光蛋。

这是一个日本童话，母亲常说："有很多梦是遥不可及的，但只要坚持，就可能实现。"她自己是个保守传统的乡村妇女，和一般乡村妇女没有两样，不过她鼓励我们要有梦想，并且懂得坚持，光是这一点，使我后来成为作家。

作家可能没有做官好，但对母亲是个全新的经验，成为作家的母亲，她在对乡人谈起我时，为我小时候的多灾多难、古灵精怪全找到了答案。

季节十二帖

一月　大寒

冷也冷到顶点了。

高也高到极限了。

日光下的寒林没有一丝杂质，空气里的冰冷仿佛来自故乡遥远的北国，带着一些相思，还有细微几至不可辨认的骆驼的铃声。

再给我一点绿色吧，阳光对山说。

再给我一点温暖吧，山对太阳说。

再给我一朵云，再给我一把相思吧，空气对山岚说。

我们互相依偎取暖，究竟，冷也冷到顶点，高也高到极限了。

二月　立春

春气始至，下弦月是十一日的七时一分。

"如果月光开始温柔照耀的时候，请告诉我。"地底的青虫对着荷叶上的绿蛙说。

"我忙得很呢！我还要告诉茄子、白芋、西瓜、薤菜、肉豆、苋菜，它们发芽的时间到了。"蛙说。

"那么谁来告诉我春天到来了呢？"青虫说。

"你可以静听远方的雷声，或是仕女们踏青的步声呀！"蛙说。

青虫遂伏耳静听，先听见的竟是抽芽的青草血液流动的声音。

三月　惊蛰

"雷鸣动，蛰虫皆震起而出，故名惊蛰。"

我们可以等待春天的第一声雷，到草原去，那以为是地震的蛰虫都沙沙地奔跑，互相走告：雷在春天，不知道为什么这一次打到地底来了。蚱蜢都笑起来，其实年年雷都震动地底，只是蛰虫生命短暂，不知道去年的事吧！

在童年遥远的记忆中，我们喜欢春天到草原去钓蛰虫，一株草伸入洞里，蛰虫就紧紧咬住，有如咬住春天。

童年老树下的回忆，在三月里想起来，特别有春阳一般的温馨。

四月　清明

"时万物洁显而清明，时当气清景明，故名。"

这一次让我们去看四月里温柔的草原与和煦的白云吧！因为如果错过了四月的草之绿与云之白，今年就再也没有什么景色可以领略了。

但是，别忘了出发前让心轻轻地沉静下来，用一种清明的心情去观照天空与花树的对话。

我走出去，感觉被和风包围，我对着一朵含苞的小黄花说："亲爱的，四月的时候不要睡着了。"

五月　小满

天空突然下起雨来，对于天上的雨我们没有拒绝的权利，我们总是默默地接受了。

站在屋檐下避雨，我想着：为什么初夏的雨总没来由地下着，这时，竟有一些些美丽的心情，好像心里也被雨湿润了，痴痴地想起，某一年，是这样的五月，也是这样突然的初夏之雨，与一个心爱的人奔过落雨的大街。

冲进屋檐下的骑楼，抬头正与一个厢壁的石雕相遇，那石雕今日仍在，一起走过雨路的人，却远了。

五月的雨，总也是突然就停了。

阳光笑着，从天上跌落下来。

六月　芒种

"时可种有芒之谷，过此即失效，故曰芒种。"

坐火车飞过田野，偶尔会见到农夫正在田中插秧，点点的嫩绿在风中显得特别温柔，甚至让人忘记了那每一株都有一串汗水。

芒种，是多么美的名字，稻子的背负是芒种，麦穗的承担是芒种，高粱的波浪是芒种，天人菊在野风中盛放是芒种……有时候感觉到那一丝丝落下的阳光，也是芒种。

六月的明亮里，我们能感受到四处流动的光芒。

芒种，是深深把光芒植根，在某些特别的时候，我呼唤着你的名字，就仿佛把光芒种植。

七月　小暑

院里的玫瑰花，从去年落了以后就没有再开。

叶子倒仍然十分青翠，枝干也非常刚强，只是在落雨的黄昏，窗子结满雾气，从雾里看出，就见到了去年那个孤寂的自己。

这一次从海岸回来，意外地看到玫瑰花结成的苞，惊喜地感觉自己又寻回年轻时那温婉的心情，这小小的花，小小的暑气，使我感觉到真实的自我。

泡一杯碧螺春，看玫瑰花在暑气里挣扎开放，突然听见在遥远海边带回来的涛声，一波又一波清洗着我心灵的岬角。

八月　立秋

"秋训：禾谷熟也。"

梦里醒来的时候，推窗，发现天上还洒着月光。

仿佛才刚刚睡去，怎么忽然就从梦里醒来了呢？

刚刚确实是做了梦的，我努力回想梦境，所有的情节竟然都隐没了，只剩下一个古老的、优雅的、安静的回廊，回廊里有轻浅的步声，好像一声一声地从我的心头踩过。

让我再继续这个梦吧！躺下时我这样许着愿。

我果然又走进那个回廊，步声是我自己的，千回百转才走到出口，原来出口的地方满天红叶，阳光落了一地。

原来是秋天了，我在回廊里轻轻叹口气。

九月　白露

"阴气渐重，凝而为露，故名白露。"

几棵苍郁的树，被云雾和时间洗过，流露出一种沧桑的神色。我站在这山最高的地方下望，云一波波地从脚下流过，鸟声在背后传来，我好像也懂了站在这里的树的心情——站在最高的地方可以望远，但也要承担高的凄冷，还有那第一波来的白露。

候鸟大概很快就要从这里飞过，到南方的海边去了吧？

这时站在云雾封弥的山上，我闭上眼睛，就像看见南方那明媚的海岸。

十月　霜降

这一次我离开你，大概就不容易再见到你了。

暮色过后，我会有一个真正的离开，就让天空温柔的晚霞做最后见证，有一天再看见同样美的晚霞，不管在何时何地，我都会想起你来。

霜已经开始降了，风徐徐的，泪轻轻的，为了走出黑暗的悲剧，我只好悄悄离去。

我走的时候，感到夜色好冷，一股凉意自我的心头刺过。

十一月　立冬

"冬者，终也。立冬之时向，万物终成，故名立冬。"

如果要认识青春，就要先认识青春有终结的时候。

为花的开放而欢喜，为花的凋落而感伤，这样，我们永远不能认识流过的时间，是一种自然的呈现。

在园子里紫丁香花开的时候，让我们喝春天的乌龙吧！

在群花散尽，木棉独自开放的冬日，让我们烘着暖炉，听维瓦尔第，喝咖啡吧！

冬天是多么美，那枝头最后落下的一朵木棉，是绝美！

十二月　冬至

"吃过这碗汤圆，就长一岁了。"冬至的时候，母亲总是这样说。

母亲亲手做的汤圆格外好吃，尤其是在寒冷的冬夜，又和着成长的传说。

吃完汤圆，我们就全家围在一起喝热茶，看腾腾热气在冷的气候中久久不散，茶是父亲泡的，他每天都喝茶。但那一天，他环顾我们说："果然又长大一些。"

那是很多年前冬至的记忆，父亲逝世后，在冬至，我常想起他泡的茶，香味至今仍在齿颊。

卷二　曼陀罗

谦卑心

1

谦卑比慈悲更难。

慈悲是把众生当成自己的子女，从心底生起自然的慈爱与关怀。

谦卑是把众生当成自己的父母，从心底生起自然的尊崇与敬爱。

我们知道，无条件地爱子女是容易的，无条件地敬父母则很少人可以做到。

所以，谦卑比慈悲更难。

2

通常，我们对身份地位权势比我们高的人，容易生起谦卑之念，不易生起悲悯的心。

反而，我们对身份地位权势比我们低的人，容易生起悲悯之念，不易生起谦卑的心。

这是我们的我执未破，在人中有了高低。

修行的人应该训练自己，对众人敬畏位高权重的人，发起悲悯；对地位卑微生活困顿的人，生起谦卑。

有名利地位的人不是也很值得同情悲悯吗？

没有名利地位的人不是也很值得感恩尊敬吗？

对富贵豪强的人悲悯很难，对贫贱残弱者的谦卑更难。

3

悲悯使我们心胸宽广，善于包容；谦卑令我们人格高洁，善于感恩。

慈悲是由感恩而生的，感恩则源于真正的谦卑，骄傲的人是不懂得感恩的，而由于感恩，我们才可以无憾地喜舍。这是四无量心慈、悲、喜、舍的发起，谦卑的感恩是其中的要素。

有一位伟大的噶丹巴上师教导我们，思考某些因果关系，来发展我们的四无量心，这思考的方法是：

我必须成佛，是第一要务。

我必须发菩提心，这是成佛的因。

悲是发菩提心的因。慈是悲的因。受恩不忘是慈的因。体认众生皆我父母，这个事实是不忘恩的因。我必须体认这一点！首先，我必须念念不忘今世母亲的恩，而观想慈。然后，我必须扩大这种态度，以包括所有还活着的众生。

透过这种思考，我们可以愉快地观想，不断地念：

当我愉快时，
愿我的功德流入他人！
愿众生的福泽充满天空！
当我不愉快时，
愿众生的烦恼都变成我的！
愿苦海干涸！

我们的观想可以得到真实的谦卑，谦卑乃是感恩，感恩乃是慈悲，慈悲乃是菩提！

4

谦卑就是谦虚，还有卑微。

谦虚要如广大的天空，有蔚蓝的颜色，能容受风云日月，不会被雷电乌云遮蔽，而失去其光明。

卑微要如无边的大地，有翠绿的光泽，能承担雨露花树，不会被污秽垃圾沉埋，而失去其生机。

谦虚的天空不会因破坏而嗔恨，卑微的大地不致因践踏而委屈。

永远不生起嗔恨、不感到委屈，是真实的谦卑。

5

我一向不愿穿戴昂贵的服饰，不愿拥有名牌，因为深感自己没有那样名贵。

我一向不喜出入西装革履、衣香鬓影的场合，因为深感自己没有那样高级。

我要谦虚卑微一如山上的一株野草。

谦卑的野草是自在地生活于大地，但野草也有高贵的自尊，顺着野草的方向看去，俯视这红尘的大地，会看见名贵高级的人住在拥挤的大楼，只有一个小小的窗口。

我不要人人都看见我，但我要有自己的尊严。

6

一株野草、一朵小花都是没有执着的。

它们不会比较自己是不是比别的花草美丽，它们不会因为自己要开放就禁止别人开放。

它们不取笑外面的世界，也不在意世界的嘲讽。

谦卑的心是宛如野草小花的心。

7

宋朝的高僧佛果禅师，在舒州太平寺当住持时，他的师父五祖法演给了他四个戒律：

一、势不可使尽——势若用尽，祸一定来。

二、福不可受尽——福若受尽，缘分必断。

三、规矩不可行尽——若将规矩行尽，会予人麻烦。

四、好话不可说尽——好话若说尽，则流于平淡。

这四戒比"过犹不及"还深奥，它的意思是"永远保持不及"，不及就是谦卑的态度。

高傲的人常表现出"大愚若智"，谦卑的人则是"大智若愚"。

8

南泉普愿禅师将圆寂的时候，首座弟子问道："师父百年后，向什么处去？"

他说："山下作一头水牯牛去。"

弟子说："我随师父一起去。"

禅师说："你如果想随我去，必须衔一茎草来。"

在举世滔滔求净土的时代，愿做一头山下的水牛，这是真正的谦卑。

9

释迦牟尼佛在行菩萨道时，曾在街路上对他见到的每一个众生礼拜，即使被喝骂棒打也不停止，只因为他相信众生都是未来佛，众生都可以成佛。

我们做不到那样，但至少可以在心里做到对每一众生尊敬顶礼，做到印光大师说的："看人人都是菩萨，只有我是凡夫。"

是的，只有我是凡夫，切记。

10

我愿，常起感恩之念。

我愿，常生谦卑之心。

我愿，我的谦卑永远向天空与大地学习。

在"我"中觉醒

今天收到一封从荷兰寄来的信，厚厚的九张信纸，是一位艺术家朋友丁雄泉写来的。丁雄泉是国际级艺术家，我们见过许多次，但都没有真正地深谈，我对他一如赤子的性格十分欣赏，因此收到他的长信给我带来一阵惊喜。在这个年头，以书信往返的情况越来越少，每天塞满信箱的不是印刷品就是广告邮件，有时候收到一封朋友的好信，就像在沙堆中拣到珍珠。

我很愿意和你分享老丁的珍珠：

清玄兄：

在台北与管管逛街，我们找了半天书店，寻到了一本你的书《星月菩提》，我预备在天空里看，结果我在半夜里读了你的书，觉得十分清新，像泡在一池的莲花里。

星星太远，无法亲近，我非常快乐感到你解说的佛学，但有一点觉得不高超，就是为什么每一个参禅的师父或弟子都要成佛？为什么？我认为心中希望成佛的和尚们都是像在做买卖，我本人认为禅就是变化，能随时随地和大自然的变化而变化，调和一切，喜怒哀乐只是眉头一皱就调和了的事。

还有，我认为只有浪子、花花公子、妓女、强盗才有资格参禅，一个和尚已吃素已穿灰衣裳已坐在庙里，根本不需要再参禅。人生有限，一个人的一生并不需要都是处女，或从不做坏事而非常纯洁光明单纯和牛羊一样，一个人稍为坏一些，可是一生却能非常快乐，岂不更妙？

我认为一些和尚，戒色、戒酒、戒快乐、戒悲哀，已只是一部分的人，并不是完完全全的，只是一半的一半的人。所以，我认为所有宗教只是一些已散失的学问，十分不完全。

一个人不做爱，根本没有真的爱，一切都是冰冷，一切都是幻想，所以我十分希望你能解的禅学没有天堂与地狱，没有戒色等等，你应是把天堂与地狱连在一起的

清水禅师

清雨禅师

清风菩萨

清山禅师

清绿佛

清明公子

清玄道士

清心法师

我给你起的一些名字，令你一笑。我觉得你非常有灵性，是唯美的居士，因为美才信佛，因为佛是唯美的人。我欢喜佛，及所有的菩萨或禅师都是没有名字，像天上的云一样，都是美的化身，也不说教，大家多活在鲜花里。像春天的蝴蝶、蜜糖和彩虹多是无名的；像大河边上的水上人家，数千年活在美好的时光里。

一切的宗教都是有条件的规矩，我本人喜爱无规无矩浪漫精神，像西班牙的热情舞蹈，像大游行，一样令人心跳，觉得人这么有力量。不像那些坐在庙堂里灰尘重重的木佛，冷冷清清，真真假假。

希望维摩诘能来和我们一起饮茶谈天说地。

雄泉　三月三日于荷兰

这封信是不是写得很有趣？近几年来，由于我写了一些菩提的书，有许多人问我关于学佛的事，但大部分是已入佛门的佛弟子，少有像老丁这样直截了当地提出心中的质疑，这封信于是令我想到佛教，乃至别的宗教信仰的一些问题，其中的最有意思的是，宗教思想对我们有何意义？对我们的精神生活有何帮助？更进一步地说，宗教是不是可以满足人的生命欲求？能不能解除人，乃至社会的苦恼？

尤其是到了现代，大家对现实世界的重视，宗教的思想仿佛离我们愈来愈远了，不要说是宗教了，凡是一切离开现实、名利、享受的事物，都有日趋薄脆的趋势，例如道德、伦理、关怀、正义、无私的爱等等，都如田野上的晚云，被风一吹，就飘远了。

若要把人追求的精神生活之究竟归纳出来，就是"真、善、美、圣"四字，这原不是宗教所专属，但这些都是超越了名利权位的。一个人若不能把真善美圣的追求定在超越现实生活的位置，则这个人肯定不能创造人生更高的价值；一个人若汲汲于现实的生活，则他必不能发现生命之真、人心之善、生活之美、理想之神圣。

追求真善美圣，不是在自心外找一些可肯定的东西，而是在追求更高、更深、更远、更大的自我，若能使那个自我开启出来，则不论庙里的和尚，或浪子、妓女、花花公子都有追求真善美圣的立足点，他们同样可以找到清净光明无碍的生命。只是他们可能要通过不同的历程与方式去追求，去通向生命的真实。

我时常说，真理是普遍存在的，人生的真理存在于人生的各种面目中，找不到真理是人自己的问题，不是人生中没有真理。因此，我相信人人的生活里都有"悟"，找不到悟的人，恐怕要鄙俗地过一生，从来不知道自我潜藏了极大的可能，那么，一个人永为浪子、妓女、花花公子，这样的生活不是十分可悲吗？

从前读天台宗开山祖师智顗大师的《摩诃止观》，里面有一段我非常喜欢：

> 圆顿者，初缘实相，造境即中，无不真实。系缘法界，一念法界，一色一香，无非中道。己界及佛界、

众生界亦然。阴入皆知，无苦可舍。无明尘劳即是菩提，无集可断。边邪皆中正，无道可修。生死即涅槃，无灭可证。无苦无集故无世间，无道无灭故无出世间。纯一实相，实相外更无别法。

如果你能领会这一段话，就稍可体会到老丁的问题，在这里全找到了答案。

这段话意思是，世界的一切都是真实的，我们的世界其实就是最高法界的世界，一朵野花、一丝香气，都合乎中道的妙有，我们的世界与佛的世界、众生的世界是没有什么分别的。佛法说灭除了苦、集、灭、道就能得到涅槃的解脱，但这不表示我们生存的世界外另有世界，出离人生之苦不必离开世间，得道解脱也不必在世间之外。如果佛的世界不能与世间生活相结合，佛的存在就失去必要性，因为，苦恼的三界本来就是佛菩萨的世界呀！

让我们再来念一次这几句美丽的句子："一色一香，无非中道"，"边邪皆中正，无道可修"，"无苦无集故无世间，无道无灭故无出世间"。我们愈是正视这充满矛盾痛苦的现实人生，愈能感觉到佛的大悲。我们愈是在悲哀无助的境地，愈是感觉到佛的慈悲智慧在其中发动，源源不绝——这慈悲智慧不是来自别处，而是来自我们更深更高的自我！

以此之故，一个人如果能悟，山青水绿、鹊噪鸦鸣，无一不是佛法；一个人如果迷了，则花池宝树、玉殿琼楼，无一不是世间法。那么，丁雄泉信中所说天上的云、地上的鲜花、春天的蝴蝶、蜜糖和彩虹、大河边上的水上人家、西班牙的热情舞蹈，也都是人心的映现、佛法的真实，只看我们能不能有悟的心，能不能有清明的观照罢了。

智顗大师在另外一本著作《观音玄义》里有一段与弟子的问答，也能说明这个观点：

> 问："阐提与佛断何等善恶？"
> 答："阐提断修善尽，但性善在。佛断修恶尽，但性恶在。"
> 问："性德善恶何不可断？"
> 答："性之善恶但是善恶之法门，性不可改，历三世无谁能毁，复不可断坏！"

这里提出了一个惊人的观点，是说佛并不断性恶，但因为通达恶，因此对一切恶能自在，不会受恶的影响而生恶，佛也就永远不会恢复恶。由于佛有这种自在，因此佛不仅不会染恶，更能使恶也化成慈悲力——地藏王菩萨就是以这种在恶中不染恶的慈悲力下地狱的呀！

我们在恶里受染，不能自在，因此就会被恶所缠缚。其实善恶是非不是主体，人的心性才是主体，于是，浪子、妓女都可以不为恶所染，均可以自在。

那么，一个人如何能不被恶所染，得到自在呢？

答案非常简单，就是在我中觉醒，破掉人我的执着。妓女若能破掉了妓女的认知，找到清明的真实，就从时空中醒了过来，她就得到自在了。

在这个世间生活，我们之所以有喜怒哀乐、人我是非、烦恼痛苦都是因为对于"我"的执着。我们执着自己的身体、名字、利益、事业、社会关系等等，而，这些是不是真实的我呢？

我们看见的很多书，都把佛的道理说得太复杂、太高远、太深奥，使大部分的人担心自己不能追求或没有资格追求。其实，简单的一句话就是"在'我'中觉醒"，任何一个平凡人都可以通过觉醒找到存在宇宙中的妙有，哪里有身份职业的区别呢？觉醒的人一旦破了我执，则"即事而真""一心具万行""一切无非妙道，体之即神""即明众生是真际"，道不是那么遥远的，道就在我们现实的生活里，离开现实生活的求道就像六祖慧能所言，是在兔的头上求角呀！

超越了世间与出世间的佛教是这样，而我们所追求的精神生活无不如此，科学家由更深更高的自我来创造更利便于人的生活；艺术家由更深更高的自我来创造多彩多姿的世界；文学家由更深更高的自我来创造更远大的梦想；我们可以说人类文明的发展，是基于许多人对更高更深自我的开启，而人类创造的泉源则是基于人的觉醒。

能觉醒者纵是妓女也是可敬佩的，在《维摩诘经》里有一首偈，其中四句是"或现作淫女，引诸好色者，先以欲钩牵，后令入佛智"，是说菩萨为教化众生，可能有各种示现，化为淫女也是可能的。这是何其伟大的识见，只要打破了执着，就知道这种识见真实地超越了人我的见解。

因此我觉得一个人没有宗教信仰其实不是那么重要的，但一个人一定要有宗教的思想与宗教的情操。即使完全没有宗教信仰的人，也应该透过不断的觉醒来改造自己，把自我提升到更高远的精神境地，这样，无论从事什么行业，才能在现实生活中有一个安身立命的所在；这样，无论从事的工作多么渺小卑微，都能有更大的识见，活得更尊严、更自在、更有兴味。

最后，我引用隋朝昙迁法师在《亡是非论》中的几句话：

> 夫自是非彼，美己恶人，物莫不然。以皆然故，举世纷纭，无自正者也。

我们常觉得自己美丽良善，别人丑陋恶俗，这是人的通病，全世界都是这样，于是就找不到一个自正的人了。"自正"是在"我"中觉醒，是在找更高更深的自我。我从十几岁的时候就希望做一个自正的人，愿能"行不负于所知，言不伤于物类"，虽然做自正的人可能要艰苦一些，中宵思之不免悲慨盈怀，但如果不自正则将永为浪子，在宇宙间飘浮不得解脱了。

现在给你写信，在我案前的一盆酢浆草正开着紫蓝色的花，在每一朵花间我都看到了"自正"之美，它们那么昂然、自尊、自在，并不因为它们开在山野路边而畏缩，也不因它们无名不为人知而自怨自怜。当然，种在美丽的花盆里，它也不会傲慢、偏见，忘失自己在田野中的紫蓝色。

这花，使我们感触到了宇宙生命的神秘，并知悉了宇宙间自有的秩序，山青水绿，流水不腐，深水无波，四季正在静静地转变着，今晨我照镜子，发现又生了不少白发，想到这每一根白发都如野外的几朵小花，思之不禁怅然。

践地唯恐地痛

从前，有一位名叫龙树的圣者，修行无死瑜伽，已经得到了真正成就，除非他自己想死，或者死的因缘到来，外力没有一种方法可以杀死他。

然而龙树知道还有一种方法可以杀他，因为他从前曾经无心地斩杀过一片青草，这个恶业还没有酬报。

有一天，龙树被一群土匪捉去了，土匪把刀子架在他脖子上，却砍不死他。

龙树就对土匪说："这样杀，你们是杀不死我的，如果你用别的方法杀也杀不死我，因为我已修成了不可思议的能力。但是我曾伤害过一些青草，如果你抓一把青草放在我的颈上，才能将我杀死。"

土匪于是依他所说，放些青草在他颈上，就这样把他杀死了。

龙树的故事真是一则动人的传说，它说明了，即使对植物行使恶业，也会得到果报。虽然龙树在那一刻也可以选择不死，但他了知因果的法则，为圆满修行的功德，乃不惜一死。最令人感动的是，所谓"无死瑜伽"的真正成就，不是肉身的不死，而是法身的长存。

近些年来，时常有人问我，学佛的人要如何来面对现实社会的问题，尤其是面对大家都关心的环境保护与爱护动物的问题，佛教徒应有什么样的态度？龙树菩萨的故事提供了我们一个最好的答案。消极地说，斩杀一片青草都是有业报的，因此佛教徒应该爱护大地上的一切事物；积极地说，热心参与投入环境保育与爱护动物的社会工作，正是一种勇猛的菩萨行，当我们看到非佛教徒实践这样的理想，也应以菩萨观之无疑。

在佛制里，每到夏天，僧侣有"结夏安居"的传统，"结夏安居"即是夏天应在寺院里闭关，除了潜心修行之外还有一个重要的意义，就是夏天蛇虫在外面出没频仍，若外出走动很容易伤及生命。此外，僧侣在夜间也避免外出行走，走的时候应俯首看脚下，也是担心无意中伤害了无辜的生物。

我们虽然无法做到像出家人一样，但是心里应该学习那样细微的慈悲，我们爱惜自己生命的同时，应该也能想到一切生物，乃至一株卑微的小草，都与我们一样爱惜生命，如此，我们就能更戒慎、更小心地生活。

也许有人会觉得奇怪，为什么连斩杀青草都有业报呢？要知道，在每一片青草里都有着无数的生命，或者有许多生物依赖青草为生，恣情伤害青草，不也等于间接伤害了生命吗？

当我们看到一些工厂排放废水，流入了清澈的河川，仿佛听见了鱼族悲凄的哭喊；而一些污染了大地的行为，也好像使我们感受到树木花草以及其中许多小生命垂死的挣扎。所以说，佛弟子应该珍惜山河大地，一者山河大地乃是佛的法身，二者不但要自求清净，也要求国土清净。

佛陀的本生因缘里，有一世名为"睒子"，是一个非常孝顺父母、无限慈悲的人，经典上说他"践地唯恐地痛"，读到这样的句子真是令人心痛，当一个人踩在地上时那样轻巧小心，珍惜着大地，唯恐自己踩重了一步使大地疼痛，那么他肯定是不会伤害任何一个众生的。

"践地唯恐地痛"这一句话中表达了菩萨无限的感恩、无限的慈悲与无限的承担！

我们应该体会龙树的心情、学习睒子的精神，我们取用这世界上的一切东西，要如赶赴情人的约会那样的珍惜与欢欣；我们用过了的事物放下时，要如与爱侣分离那样的不忍与不舍。

我们要轻轻地走路、用心地过活；我们要温和的呼吸、柔软的关怀；我们要深刻的思想、广大的慈悲；我们要爱惜一株青草、践地唯恐地痛！这些，都是修行的深意呀！

野生兰花

万华龙山寺附近，看到几位山地青年在卖兰花。

他们的兰花不像一般花市种在花盆里的那么娇贵，而是随意用干草捆扎，一束束躺在地上。有位青年告诉我，这是他们昨日在东部的山谷中采来的兰花，有许多是冒着生命危险采自断崖与石壁。

"虽然采来很不容易，价钱还是很便宜的啦！"青年说。

"可是这从山里采来的兰花，要怎么种呢？"我看到地上的兰草有些干萎，忍不住这样问。

"没关系的啦，随便找个盆子种都会活。我们在山里随便拿个饮料瓶种都会活的呢！"旁边一位眼睛巨大黑白分明的青年插嘴道。

"对了，对了。山上的兰花长在深谷里、大石边、巨树上，随便长随便活呢！"原先的青年说。山地人说国语的声调轻扬，真是好听。尤其是说"随便随便"的时候。

我买了一束兰花回来，一共有五株，不管三七二十一把它种在阳台的空盆里，奇迹似的，它们真的就那样活起来。

这倒使我思考到一些从未想过的问题，从前一直以为兰花是天生的娇贵，它要用特别的盆子，要小心翼翼地照顾，价钱还十分的高昂，因此平常人家种盆栽，很少想到养兰花。现在知道兰花原来是深山中生长的花草，心中反倒有一些怅然，我们对兰花娇贵的认知，何尝不是一种知识的执着呢？

看着自己种植的野生兰花，使我想起自己非常喜爱的书画家郑板桥。郑板桥在画史上以画兰竹驰名，他性格耿介，"扬州八怪"之一，是清朝艺术史上的明星，他有一次看见自己种在盆中的兰花长得很憔悴，有"思归之色"，就打破花盆，把兰花种在太湖石边，第二年兰花"发箭数十挺"，果然长得十分茂盛，花开得比从前更多，香味比往昔坚厚。他不禁题诗道：

> 兰花本是山中草，
> 还向山中种此花。
> 尘世纷纷植盆盎，
> 不如留与伴烟霞。

直到我种了野生的兰花，才稍稍体会了板桥写此诗的心情，他这是用来自况，不愿意在山东当七品官，希望回到自己的家乡与烟霞为伴。

郑板桥留下许多兰画，他的兰花与一般画家所画不同，他常把兰花与荆棘画在一起，认为荆棘也是一样的美，用以象征君子与小人杂处的感叹。晚年的时候，他爱画破盆的兰花，有一幅画他这样题着：

春雨春风洗妙颜，

一辞琼岛到人间。

而今究竟无知己，

打破乌盆更入山。

用来表白心中渴望辞去官职追求自由的志向，但也说明了兰花本身的遭遇。从琼岛来到人间的兰花，虽种在细心照拂的盆中，却失去了山中的许多知己呀！

一个人本来自然活在世间，没有什么欲望，但当他过惯了娇贵的生活，就如同生在盆里的兰花，会失去很多自由，失去很多知己，所以人宁可像野生的兰花，活在巨石之缝、高山之顶、幽谷深处与烟霞做伴。这是自由与自在的追求，正如郑板桥最流行的一幅字所说："难得糊涂：聪明难，糊涂难，由聪明转入糊涂更难；放一着，退一步，当下心安，非图后来福报也。"

我最喜欢郑板桥写给儿子的四首儿歌：

二月卖新丝，五月粜新谷。

医得眼前疮，剜却心头肉。

耘苗日正午，汗滴禾下土。

谁知盘中飧，粒粒皆辛苦。

昨日入城市，归来泪满巾。

遍身罗绮者，不是养蚕人。

九九八十一，穷汉受罪毕。

才得放脚眠，蚊虫獦蚤出。

这歌中充满了大悲与大爱，真如深谷中幽兰的芳香，无怪乎当他被富人杯葛，离开潍县县令的任所时，百姓跪在道旁流着眼泪送他辞官归里。郑板桥终于回到家乡，像一株盆中的兰花回到山林，他晚年的书画为中国写下了光灿灿的一页。

我不是很喜欢兰花，因为感觉到它已沦为富者的玩物，但一想到山间林野的兰花丛时，就格外感知了为什么古来中国文人常把兰花当成知己的缘由。名士与名兰往往会沦为官富人家酬酢的玩物，尽管性格高旷，玉洁冰清，也只能在盆里吐放香气，这样想起来就觉得有无限的悲情。

从山地青年手里买来的野生兰花，几个月后终于枯萎了，一直到今天我还不确知原因，却仿佛听见了板桥先生的足声从很远的地方走近，又走远了。

种　草

"我们带一点草回去种好吗？"带孩子去爬山的时候，他好几次提出了这样的要求。

最近住在乡下，每天黄昏的时候，如果天气好，我总会和孩子到后山去走走，偶尔也到山下去看农人的稻田，走过泥土坚实的田埂，看着秋天的新禾在微风中生长。

对于在城市中长大的孩子，看到乡下的一切都感到非常新鲜，尤其看到没有看到过的东西，有一次我们在田埂上走，他说："爸爸，我们带一些稻子回去种好吗？"

"为什么呢？"

"因为稻子长大，我们就不必买米了，要煮饭的时候，自己摘来煮就好了。"孩子充满期盼地说，就仿佛自己种的稻子已经长成。

"要种在哪里呢？"我说。

"我们家不是有很多空花盆吗？把稻子种在里面就行了呀！"

我只好告诉他，种稻子是很艰难的工作，可不比种一般的盆景，要有一定的水土，还要有非常耐心的照顾，我们是无法在花盆里种稻子的。

"那么，我们种牵牛花吧！牵牛花也很美。"孩子说。

有一次，我们就摘了很多牵牛花的藤蔓，回去种在花盆，可惜不久后就都枯萎了。孩子很纳闷，说："为什么在野外，它们长得那么好，我们每天浇水，反而长不出来呢？"

后来我们挖了一些酢浆草回家，酢浆草很快就长得很茂盛，可惜过了花期，开不出紫色的小花，我对孩子说："等到明年，这些酢浆草就会开出很美丽的花。"

在孩子的眼里，什么都是美丽的，连山上的野草也不例外，我们第一次上山的时候，他简直惊叹极了，即使是夏秋之交，山上的野草也十分繁盛，就好像是春天一样。尤其是在夕阳之下、微风之中，每一株小草都仿佛是在金黄色的舞台上跳舞，它们是那么苗条而坚韧，用一种睥睨的态势看着脚下的世界。从远景看，野草连成一片，像丝绒一般柔软而温暖。

孩子看着这些草，禁不住出神地说："爸爸，我们带一点草回去种好吗？"

听到这句话时，我略微一震，"种草？"对一个出生在农家的我，这是多么新奇而带点荒唐的想法，我们在田野里唯恐除草不尽，就是在花盆里也常常把草拔除，这孩子居然想到种一盆草！

孩子看我无动于衷，用力拉我的手，说："爸爸，你不觉得草也和花一样美吗？如果能种一盆草放在阳台，它就好像在山上一样。"

孩子的话立刻使我想到自己的粗鄙，花草本身没有美丑，只因为我心里有了区别，才觉草不如花。若我能把观点回到赤子，草不也是大地的孩子，和一切的花同样美丽吗？于是我说："好吧！我们来种一盆草。"

种草就不必像种花那么费事，我们在山上采草茎上成熟的种子，草种通常十分细小，像是海边的沙子，可是因为数量很多，一下子就采了一口袋。回到家里，我们把一些曾种过花而死去的空花盆找来，一把把的草种洒在上面，浇一点水，工程很快就完成了。孩子高兴得要命，他的快乐比起从花市里买花回来种还要大得多。

一星期后，每一个花盆都长出细细绒绒的草尖，没有经过风沙的小草，有一种纯净的淡绿，有如透明的绿水晶，而且株株头角峥嵘，一点也不忸怩作态，理直气壮地来面对这个与它的祖先完全不同的人世。

孩子天天都去看他亲手植种的绿草，那草很快地长满整个花盆，比阳台上的任何一盆花还要茂盛，我们有时把草端到屋内的桌上，看起来真的一点也不比名花逊色。看着一盆盆的野草，我有时会想起我们这些从乡野移居到城市讨生活的人，尽管我们适应了盆里的生活，其实并未改变来自乡野的姿色，而所有的都市人，他们或他们的祖先，不都是来自乡野吗？只是有的人成了名花，忘记自己的所在罢了。这样想时，常使我有一种深深的慨叹。

所有的名花都曾是乡野的小草，即使是最珍贵的兰花，也是从高山谷地移植而来，而那名不闻世的野草，如果我们有清明的心来看，不也和名花无殊吗？

自然的本身是平等无二的，在乡野的山谷我们看见了自然的宏伟；在小小的花盆里，不也充满了生命的神奇吗？

两头鸟

从前在雪山下，有一只两头鸟，为了安全起见，它们轮流睡觉，一头如果睡着，另一头便醒着。

这只两头鸟虽共用一个身体，却有完全不同的思想，一头叫迦喽嗉，常作好想；一头叫优波迦喽嗉，常作恶想。

有一天在树林里，轮到优波迦喽嗉睡觉，忽然从树上飘来一朵香花。醒着的迦喽嗉就想："看它睡得那么熟，还是不要叫醒它，反正我虽然独自吃了，我们一样都可以除掉饥渴，得到这朵香花的好处。"于是，就默默地把那朵香花吃了。

过一下子，优波醒来了，觉得腹中饱满，吐出的气充满香味，就问迦喽嗉说：

"我在睡觉时，你是不是吃了什么香美微妙的食物？我怎么觉得身体安稳饱满，声音美妙，感觉这么舒服。"

"你睡觉的时候，有一朵摩头迦华落在我的头旁边，我看你睡得很熟，又想我吃和你吃并没有分别，就独自把它吃了。"

优波听了，心里很不高兴，从内心深处生起嗔恚嫌恨的心，心想：你有好东西吃，也不叫醒我，你等着瞧吧！下次我吃些坏东西害死你！

过了不久，两头鸟经过一个树林，优波看到林间有一朵毒花，起了一个心念："好，害死你的机会来了。"就对迦喽嗏说："你现在可以睡觉，我醒着，帮你看守。"

等迦喽嗏睡着以后，优波就一口把毒花吃下去。由于优波的恨意，两头鸟就一起被毒死了。

这是记载在《佛本行集经》的故事，释迦牟尼佛说这个故事来告诫弟子，嗔恚是多么可怕的愚行，一个人（乃至一只鸟）在怀着恨意时，往往会忘记对自己的伤害，更甚的是以自己的生死来逞一时的仇快，走入一个无可挽回的境地。

两头鸟的故事还有更深刻的象征，生活在这个世界上，人人都是两头鸟，有着善恶的抗争、梦与醒的矛盾、觉与迷的循环。当一个人在善意、觉性抬头的时候，就可以使恶念、痴迷隐藏；可是当一个人恶意的嗔恨愚痴升起时，立即就杀死了自己好不容易培养起来的善念了。

另外，对一个修行者，他处在众生中就有如两头鸟，大家都是共用一个身体，使任何一个众生受到伤害，立即就伤害了自己的慧命，因此要保持着纯明的善念，才不至于损人损己。

两头鸟的故事里，迦喽嗏在临死前说了一首偈：

汝于昔日睡眠时，我食妙华甘美味。

其华风吹在我边，汝反生此大嗔恚。

凡是痴人愿莫见，亦愿莫闻痴共居。

与痴共居无利益，自损及以损他身。

正是劝人不要与愚痴妥协，含着贪意、嗔恨、愚痴的人在还没有伤害别人之前，自己必然先受伤。

在《杂譬喻经》里还有一个类似的头尾争大的故事：

从前有一条蛇，头和尾经常自相争吵。头对尾说："我应该比你大。"

尾对头说："应该是我大。"

头说："我有耳朵能听，有眼睛能看，有口能吃，走时在你前面，因此应该我为大。"

尾说："是我让你走，你才能走，如果我不让你走，你就完蛋了。"

于是，蛇尾就绕树木三圈，三天都不肯放开，蛇头无法去找食物，饥饿垂死，只好对尾说："请你放开吧！让你做大就是了。"尾听了非常高兴，立刻放开树木。头就对尾说："你既然比我大，就让你在前走吧！"

尾兴奋地向前走，才走不到几步，就掉落到火坑去了。

佛陀说这个故事是在告诫弟子，在僧团里应该听从有智慧的大德上座，不可任性为之，而上座也不应该让座下的人率尔随意，这样不但道业不成，而且会一起堕入非法的火坑。

头尾争大的故事用在现代，让我们知道自然的秩序是非常重要的，在一个有机的社会中，头与尾都是同样重要，做头的人应把头做好，而做尾的人也应尽力把尾做好，人尽其才，才是社会之福。如果人人想争大，不但容易心生愤懑，甚至大家相携堕入火坑。人不怕地位卑微，怕的是在心灵中没有奉献的火光，在人格中没有自尊的色彩。反过来说，做头的人如果不善用眼睛、耳朵、嘴巴、双足来创造人群的幸福，就令人遗憾了。

佛陀在经典中说的故事都是简短精彩，又充满了无限的象征意义，他说这些故事是在倡导一个人如何使自己的人格高尚，并通向明净纯粹的世界，他用充满人情味的语言告诉我们和平、牺牲、慈爱、智慧、诚信、平等、无私、克制欲望是多么重要。

只有人格不断趋向高尚，不怀怨恨地生活，不论处在任何境况中都有自尊的人，才能在生命中找到真实的悦乐之泉源。

无风絮自飞

在我们家乡有一句话，叫"菜瓜藤，肉豆须，分不清"，意思是丝瓜的藤蔓与肉豆的茎须一旦纠缠在一起，是无法分辨的。

因此，像兄弟分家产的时候，夫妻离婚的时候，有许多细节部分是无法处理的，老一辈的人就会说："菜瓜藤与肉豆须，分不清呀！"还有，当一个人有很多亲戚朋友，社会关系异常复杂的时候，也可以用这一句。以及一个人在过程中纠缠不清，甚至看不清结局之际，也可以用这一句来形容。

住在都市的人很难理解到这九个字的奥妙，因为他们没有机会看到丝瓜与肉豆藤须缠绵的样子。乡下人谈到人事难以理清的真实情境，一提到这句话都会禁不住莞尔，因为丝瓜与肉豆在乡间是最平凡的植物，几乎家家都有种植。我幼年时代，院子的棚架下就种了许多丝瓜和肉豆，看到它们纠结错综，常常会令我惊异，真的是肉眼难辨，现在回想起来，感觉到现代人复杂难以理清的人际关系，确实像这两种植物藤蔓的纠缠，想找到丝瓜与肉豆的根与果是不难的，但要在生长的过程分辨就非常困难了。

有一次我发了笨心，想要彻底地分辨两者的不同，却把丝瓜和肉豆的茎叶都扯断了。父亲看见了觉得很好笑，就对我说："即使你能分辨这两株植物又有什么意义呢？你只要在它们的根部浇水施肥，好好地照顾让它们长大，等到丝瓜和肉豆长出来，摘下来吃就好了，丝瓜和肉豆都是种来食用的，不是种来分辨的呀！"

父亲的话给我很好的启示，在人生一切关系的对应上也是如此，一个人只要站稳脚跟，努力地向上生长，有时不免和别人纠缠，又有什么要紧呢？不忘失自己立场与尊严，最后就会结出果实来，当果实结成的时候，一切的纠缠就不重要了。

另外一个启示就是自然，万事万物都有其自然的法则，依循这自然的发展，常常回头看看自己的脚跟，才是生命成长正常的态度。种什么样的因会结出什么样的果，是必然的，丝瓜虽与肉豆无法分辨，但丝瓜是丝瓜，肉豆是肉豆，这是永远不会变的，我们能做的就是让丝瓜长出好的丝瓜，让肉豆结出肥硕的肉豆！

丝瓜是依自然之序而生长结果，红花是这样红的，绿叶也是这样绿的，没有人能断绝自然而超越地活在世界，此所以禅师说："不雨花犹落，无风絮自飞。"花与絮的飞落不必因为风雨，而是它已进入了生命的时序。

日本的道元禅师到中国习禅归国后，许多人问他学到了什么，他说："我已真正领悟到眼睛是横着长，鼻子是竖着长的道理，所以我空着手回来。"

听到的人无不大笑，但是立刻他们的笑声都冻结了，因为他们之中没有人知道为何鼻子直着长而眼睛横着长，这使我们知道，禅心就是自然之心，没有经过人生庄严的历练，是无法领会其中真谛的呀！

永远活着

　　到银行去办事，听到一位年约七十几岁的老太太和银行行员的对话。

　　银行行员："老太太，你一次领这么多钱呀？外面歹徒很多，可要小心一点。"

　　老太太："我要领去买股票。"

　　"买股票？老太太，你都买什么股票？"

　　"我什么股票都买呀！最近涨得厉害，听说还会再涨，我这些钱要拿来买水泥股。"

　　"……"

　　老太太领完了钱，步履蹒跚地走出银行。

　　这一段简短的对话，使我怔了很久，老太太看起来虽然是七十岁的人了，身体还满健康的样子，而且她衣着朴素，看起来是省吃俭用的人，她为什么要在有限的余年去买股票，何况赚那么多钱要做什么呢？她所累积的财富，自己还有机会享用吗？

走在回家的路上，我想到在这个社会，放眼望去，大家都拼命地在累积人间的财富，即使是已经家财亿万的富人或年华垂暮的老人都不例外，其实，财富对他们来说已变成没有意义的东西，一个生活已经温饱的老人，他可能有七八幢房子，有价值数亿的财富，可是他已经不久于人世，这仅存的时光难道还要继续追逐财富，不能有更好的利用吗？

最重要的一点，没有人会相信自己是"不久于人世"的，我们看到大部分人的生活都表现得好像要永远活在这个世界上，所以他们的累积也永不满足。有一些有钱人，到临死什么都不记挂，偏偏记挂他累积的财富；反过来说，他的子孙可能对他的死活也不记挂，只记挂在他名下的土地、房屋、股票、珠宝要如何瓜分。因此，一个富人的死往往造成了子孙的悲剧，就是因为人人只记着财富啊！

一个累积过度财富的人，往往也会自陷于不义，有财富的人谈恋爱，总觉得别人是在爱他的金钱，不是爱他；有财富的人交朋友，总觉得别人是贪图财富的酒肉朋友；有财富的人很难真心对待别人，因为他惯于用钱来处理问题……其实，有太多财富反而使人不能做完整的人，因为他的心变成黄金打造、钻石琢磨，不能享受人间无私的情义心与豪迈的英雄胆。

有时候，追求财富的问题不在财富，而在"追求"，从人类有历史以来，人都在尝试追求一些不朽的事物，这是由于每个人的心里都有某种不朽的东西，不朽的渴望，在资本社会里，人把财富也当成不朽的追求了，我们看那些拼命追求财富的人，正是感觉他在追求不朽，否则怎么能那样狂热呢？

人不能永远活着，这真是一个悲剧的真理，纵使在宗教里一直讲永生不灭，也不能使我们永远活着。

"死亡不是我会遭遇的事。"——这是最大的妄念，因为无人不死。

"人生的悲剧不是我会遭遇的。"——这是最惊险的想法，因为人人都有悲剧。

我们在人间里累积一些东西，追求一些价值，是为了什么呢？那催迫我们去追求财富最内部的动力是什么呢？如果能找出那个动力，说不定在财富里也有菩提呢！

道心第一

当代禅师圣严在给弟子开示时，曾提出他自己用来自勉的两段话："多听多看少说话，快手快脚慢用钱""道心第一、健康第二、学问第三"。这两段话应用于实际生活里确是金玉良言。

圣严禅师生逢动乱中的时代，没有受过正规的基础教育，当一般儿童读小学的年纪，他因为家贫而失学去做童工；一般少年在读中学的年纪，他因为出家而在上海滩跑殡仪馆赶经忏；一般青年在读大学与研究所的年龄，他因为国家动乱而在行伍里当兵。等到退伍再度出家时，已年近不惑了。他自感身世飘零，学识不足，始发愤读书，东渡日本留学，他以超人的毅力在短短的六年间，完成硕士与博士学位，他自谦说是得力于"多听多看少说话，快手快脚慢用钱"两句话。

他说："我在用水之时，每会忆及大陆久旱之岁，以及渡海来台湾时，船上饮水难得之痛苦，便不敢多浪费了。我在受食之时，每能念及抗日战争期间，无糖、缺盐、无米、缺油，乃至火柴难求的日子。我在接受新衣之时，总觉得不敢消受，念及出家时衣单无着，又想到初到台湾时仅有一身衣裤的日子。我在就寝之时，往往自然想到，东京四叠半的蜗居时代。我在日光灯下时，还会勾起山居豆火油灯的情景。这都是由于往昔生中未能惜福培福，所以今生福薄而尝到了冻馁缩涩之报。"这段话读来令人动容感慨，我们过去的生活虽不至此，但庶几近之。可是好像才没有几年的时间，我们社会上年轻的"新人类"已不知培福惜福为何物，而中年一代的"新贵族"，虽曾有苦难的过去，却希望用物欲的满足来做加倍的补偿，他们给下一代的教育也没有"惜福培福"这样的东西了。两代如此，三代以下更不用说了。

不但社会一般人欲望泛滥，不知培福惜福，甚至学习佛教者也受了感染，有人发展出这样的谬见："福报各自本具，应当享用，并能愈用愈多。若不享受，则如草木无水，日益枯萎。"圣严师父说："这是倒因为果之说，滥凡作圣之见。""大菩提心，始于六度，六度之首是布施，布施之要，则始于惜福与培福。如否定福报的培育与珍惜，虽人天小果亦不保，遑论菩萨道的实践。"因此，他训诫门人，应以培福惜福为要。

曾有一位密宗上师感喟地说，在台湾传一般修行的法门，真正修行实践的人少，唯独在传"财神法"时，场场爆满，人人争修。这一方面是大家误以为修"财神法"只在求财，忽略了财神法是在培福开启智慧的修行；另一方面则反映了社会追求财富的偏见。现代人追求财富的动机是在满足欲望，这使我想起佛陀曾说过的话："纵使天上下着黄金雨，也无法满足人的贪欲。"如果借着修行佛法来贪求财宝，如求财神法，财神灌顶者然，又与外

115

道何异？

所以，"多听多看少说话"是以谦冲自牧，多学习别人的长处，不炫奇求售。"快手快脚慢用钱"是勤俭自制，由于钱用得慢，就能不忮不求，昂首阔步于天地之间，此中是极有深意的。

"道心第一，健康第二，学问第三。"也正是指出今日修行者之弊。师父说："菩萨以其身体为众生床坐，役使于众生而非役使众生，否则便落于经中所指责的'说食数宝'之流，绝不能成为佛法门中杰出的人才。若道心坚固，纵然不懂得文学，且抱病终身，至少亦能自保不堕，也无虞败坏佛门。""比之于学问，则健康较重要，若无健康，纵有学问，仍无以利人；若徒有健康而无道心，则绝不会成为法门龙象，即使能欺人于一时，终不能瞒过历史的眼光。学问为有道者所用则救人济世，否则便会成为盗名欺世者的工具。"这里所说的"道心"，涵盖极广，简言之，是求道之心，修道之心，成道之心，也就是深信三宝之心，净化自我之心，拯救众生之心。

现在社会的物质生活，是三十年前我们在乡下时连做梦都想象不到的富足了。可叹的是，物质欲望竟比物质条件还高得多，人几乎没有一刻安宁地在奔波着，为了要有更好的物质享受。回想起来，反倒是从前的旧家，晚上也不必关门关窗，三餐有得吃，走路不必担忧汽车，夜里在庭院里说说故事，似乎比现在还幸福一些。因此，惜福培福的人反而幸福；有道心者反而能自在安逸地过日子。

唯我独尊

　　每当我们拜访佛寺时，总是见到许多佛像以打坐的姿势端坐着，而即使是以立姿站着，也不会像基督徒一样向天仰望，好像期待什么似的。大凡是佛，总是反观自己，不向外求。佛徒的信心不向外觅，只向内看。

这是日本禅学大师铃木大拙在《禅的信心》中说的话，说明了佛教的信仰最要紧的是"反观自我"，不像别的宗教是"仰观天上"。

他又说：

　　什么是自己呢？想在书本里或在别人的言教里数寻这个真理，犹如计数别人的钞票，不论你数多少，都是别人的，而不属于你。犹如银行家计数不在银行里面的钞票！现在且回头来看看你自己家里吧，看你多么富足啊！你无得无失。你所需要的一切都在你的里面，只是你通常并不知道你是多么富有而已，这个内在的自我，或者灵魂，或者心灵中，储满了你所需要的一切；没有一样东西需要向外寻求。

所以，佛教的修行中，相信自我、肯定自我、回归自我、反省自我都是非常重要的，我们要回到自我才可能开启大悲大智的佛性。但是，回到自我并不是否定佛菩萨的力量，我们把"自我"与"佛菩萨"做一分别，乃是站在一个相对的层次上，如果能超越了相对的层次，就没有"自力"与"他力"的分别，因为超越了相对的层次，佛菩萨与众生还有什么分别呢？佛菩萨是我们自心之流露，我们又何尝不是佛菩萨的法身呢？我们心里可以涵藏无数的佛与菩萨，正如佛菩萨的心中有无量无数的众生一样呀！

从铃木大拙眼中的佛相，我们看看寺院里的佛相也可以得到许多启发。我们看到每一个国家的佛像都不同，印度佛像是印度人的样子，日本佛像是日本人的样子，中国佛像是中国人的样子，这是因人种不同，人心里的佛也不一样。在时代的流变中，我们看到唐朝的佛像多胖大稳重，宋朝的佛像则纤细温柔，每一代都有很大的不同。我家里供奉了两尊观音菩萨，一尊是仿宋的"千手千眼观音菩萨"，一尊是藏人铜铸的"十八臂准提佛母"，他们的长相就很不同了。

这使我们理解到，所有佛菩萨相貌的呈现都是以自己为本位，并相信自己本来与佛无异，可见心外有佛不是大问题，心内无佛才是大问题。心内若有佛，佛不管以什么面目存在着，又有什么要紧呢？

我想起佛陀在幼年时代曾说过："天上天下，唯我独尊。"当时被预言成他将是统一全印度的圣君，可是后来舍弃王位，证得佛道，因此，这唯我独尊的"我"应该重新思考，这个"我"是佛陀在代众生发言，天上天下哪里有什么比得上真实的自我呢？这个"我"是禅宗"自性""无位真人"的我，也是密宗"即身成佛"的我，也是净土"自性弥陀"的我！

密宗的修行方法里有"本尊法"，意即任何人观想菩萨的本尊，最后就会"本尊现前"，知悉自己是本尊的化身，则了透到本尊与自我无异，修观音法的人最后是回到观音，修文殊法则回到文殊，修地藏法则回到地藏。这使我们知道自身中就有百尊，是自力与佛力的感应道交，这种修行方法是多么动人呀！

当我们说"天上天下，唯我独尊"这几个字，想起本师释迦牟尼佛的慈悲与智慧，自然而然就生起自信的庄严与雄大的气概了。

以自己为灯

1

天台宗祖师智者大师有一天问师父慧思"一心具万行"之意。

慧思说："汝向所疑，此乃大品次第意耳，未是法华圆顿旨也，吾者夏中苦节思此，后夜一念顿发，吾即身证，不劳致疑。"

这是说明了"实践"的重要，如果没有透过实践，有很多问题光靠思索是不能解答的，所以，禅里常讲"无心"，禅不是思想，但它创造出无限的思想与文化，这种无限的创造，正是来自"无心"，来自"一念顿发"。

盛期的禅，在中国（甚至邻近的日本）无论文学、书法、绘画、雕刻、建筑、庭园都受到禅的影响，有辉煌光华的风格，但这不是文化里有禅，而是禅创造了文化。

2

十一世纪，大慧宗杲禅师当众烧掉了禅宗重要的经典《碧岩录》，就是对禅的一种新的反思。

禅师烧《碧岩录》时，是要烧掉形式的禅，希望大家重新重视实践的重要。

光有形式的禅，是死气沉沉的，唯有通过实践，禅才是生气勃勃的。

3

形式之弊，从现代人对公案的态度就知道了，大部分人都抱着对公案的兴趣，甚至把公案背得烂熟，但是知道许多公案的人，却懒得静下心来，坐一炷香。

许多人也批评公案，认为宋朝以后禅风不振，是由于公案堕落于形式之弊。事实上，公案如何会堕落呢？人才会堕落呀！公案是来开发人的悟、人的禅心，公案流于形式并不是失去开发的功能，而是人的悟、人的禅心在时空中堕落了。

我们要珍视公案，也要活用公案，要在形式里，开出人的悟、人的禅心。

4

不实践的佛教，就像研究药方不吃药，不能对治自己的病，对病人而言，吃药比研究药方重要得多。

不实践的佛教，就像未经开采的金矿，纵使研究出它的含金量，矿山仍与泥土无异。对金矿而言，只有开采、提炼，才会找到黄金。

不实践的佛教，有如未经点燃的灯，虽有灯相，却无灯的功能。未经点燃的灯与无灯无异，对一盏灯而言，只有在光明能照亮世界时才有意义。

不实践的佛教，有如未经阅读的书，未曾开放的花朵，未曾走过的路，没有航行的船……不能展现真实的意义。

5

禅师说："青青翠竹尽是法身，郁郁黄花无非般若。"

这不是说翠竹黄花都有佛性，而是说我们要打破十方三世的一切差别与隔阂，不迷执于有情或无情，才能见到佛性。

天台六祖湛然大师说："万法是真如，由不变故。真如是万法，由随缘故。子信无情无佛性者，岂非万法无真如耶？"

但这是说翠竹黄花、草木瓦石都在法身之内，而不是说翠竹黄花、草木瓦石可以成佛。

因为佛性有一个非常重要的东西，就是智慧性。

6

很多信佛的人喜欢讲视野与感应，不信佛的人更爱讲。

其实，平安就是感应，知错就是感应，每一餐都有得吃，吃了都能消化；每一天能感恩地睡去，在阳光中醒来，都是感应。

比以前慈悲就是神通，比以前智慧就是神通。今天比昨天更能律己，今天比昨天更宽于待人，都是神通。

看到院子里的桔梗花开了，闻到深夜从远方飘来的桂花香，听见山上幽远的钟声，无一不是感应。

白云飘过了青天仍在，闪电过后就有雷声，一下雨的黄昏就会有雾，到处都有神通。

7

般若智慧是最大的感应，最大的神通。

般若智慧是平凡而深远的，它应该超越一切神秘或迷信的色彩。而一般的神通都有神秘因素，一般的感应则有迷信气息。

若说神通的力量有如瀑布，感应有如浪涛，那么，般若智慧则是大海，是水性，它只包容而不排斥，它涵摄一切价值而不为价值所羁累。

8

日本的禅学大师铃木大拙非常强调禅的"自由"，是与英语中的 Liberty 与 Freedom 有很大的不同。可惜现代的人只认识西洋人所说的自由，不认识禅的自由。

禅的自由，代表了人的自在——自己内在的空明状态。

西方的 Liberty 或 Freedom 则是"他在"——从他方或外在的压制中得到解放。

禅的自由，是自我的开发，没有一个可对抗的他方。

西方说的自由，是政治社会的关系，不强调内在发展。

禅的自由，是绝对的主体。

西方的自由，是相对的秩序。

但现代禅者不应该把禅与西方的自由分离，而是要开发"自由"更深奥的意义，加强自由积极的、自立的、本具的、自动的、创造的观念。

9

如果一个人只会引用佛菩萨说的话，自己不悟，就好像只会数佛菩萨的珍宝，自己没有半文钱。

如果一个人只会引用祖师的公案，自己不开启，就好像只会说祖先美丽的花园和壮美的河山，自己没有一块地。

习禅的人要以祖师为灯，也要以自己为灯。

念佛的人要以佛菩萨为归依，也要做自己的归依处。

佛道，就是究明自己之道。

学佛的人应把远程目标定在成佛，近程目标则是要解决自己人生的根本疑问。

札记一束

孤独的椅子

在公园里，清晨的薄雾中，一排排白色的椅子，没有一点声息，让人感到清冷的孤独。

雾慢慢散去，阳光出来了，人三三两两地走到公园里来，纷纷落座在那些排列整齐的椅子上。

这时，我发现一种可惊的排列了。

每一个椅子差不多都坐了人，可是一长条椅子顶多坐两个人，一个人坐在椅子这端，一个在那端，似乎是默契似的。每一张椅子都是两端坐人，中间空白。人和人不互相说话，也不理睬，也不注视，只是礼貌地、维持距离地坐着。

我坐在远处，看着这一幅诡异的构图，感觉到坐了人的椅子比不坐人的椅子，还要孤独。

碎玻璃

打扫街头的清道夫，是最知道一个城市的脏乱与破败的。

有一天，我在凌晨时分，遇到市街的清道夫，他穿着黄色荧光衣服的背影，使我感到一种深刻的寂寞，在彻夜未眠工作而走到街市呼吸空气的我，也是一个清道夫，不同的是，我扫的是心灵的街道。

那位清道夫正专注地扫起十字路口的一堆碎玻璃，我站在旁边看他。扫完了，他突然抬起头对我说："这几条路上昨天发生几次车祸，伤得怎样我都知道。"

"你是怎么知道呢？"我问。

"我从路上留下来的碎玻璃或血迹就知道了。你看，这里昨天有人伤得不轻呢！"他指着地上一摊早已干涸成为褐黑色的血迹给我看，"人是这样脆弱的，车子也一样脆弱，人的脆弱从血可以看见，车子的脆弱从碎玻璃可以看见。"

说完，他继续埋头工作。

我站在那里想着，人的心灵是最脆弱的，可惜这种脆弱最不容易被看见。

垃　圾

"制造垃圾的人，最后自己成为垃圾也不知道了。"我有一个亲戚时常说。

那是因为农村社会大家爱物惜物，一件东西在不是完全无用时舍不得丢弃，即使是非常富裕的人，多数也是勤俭的。

所以"修补"的工作在过去占了很重要的地位，修补衣服鞋子，修补锅子水壶，修补雨伞剪刀，甚至是修补丝袜等等。大家在东西用坏了也舍不得丢弃，总要修补到完全无用为止，才成为垃圾。

现在不行了，现代人每天制造的垃圾比从前的人多十倍，有很多东西用也没用，就丢弃了，更别说修补了。对东西是如此，对人也是一样，人们常因利用价值丢弃旧的情感、旧的朋友、甚至旧的伴侣，有很多人丢掉恋人的时候，就如丢掉一把旧雨伞。

我的亲戚的逻辑最是简单："一个不爱惜东西的人，就不会疼惜别人，不会珍惜这个世界，有时候连自己也不懂得珍惜。"——心灵旧了不懂得修补，最后连丢失了自己都不知道。

二十元的哲学

坐计程车时最怕遇到凶恶的司机，我们上了车，就好像前世已经欠下一些没有还清的东西。他臭着脸问："到哪里？"臭着脸说："这么短也叫计程车！现在的人真是愈来愈不像话！"然后，臭着脸把油门踩紧，愤世地冲出去。

有时候我沉不住气就说："路虽然短，但是我赶时间。"

"赶时间，赶时间会短命的。"他臭着脸说。

"我可以多给你一些钱。"

"谁稀罕你的钱。"他这一次不屑地说。

沉默地终于到达目的地,让我像从牢笼里解脱出来,深深吸一口凉气。

记得曾经有另一位好司机告诉我:"二十元虽少,但如果因为少而不去赚,就赚不了大钱,谁知道这短短的二十元,接下来的客人不是一两百的生意呢!"

是的,二十元也有它的哲学意义,在人生里,如果因为钱少路短而抱怨,不能满足,那我们就要一辈子臭着脸过日子了。

土地之败坏

一位农民对我谈起他对废耕的忧心。

虽然稻米生产过剩,政府奖励废耕的办法对农民十分优厚,他对废耕的条件非常动心,可就是不敢废耕。

"你废耕一两年,土地就不能再种作了。"他说。

"为什么呢?"我问他。

他说:"如果只有我废耕,我的土地四周的地没有废耕,那么我的地肥、地气、土地的活力都会在地层深处被周围的土地吸去,到最后我的地就什么都长不好,就真的废了。因为我们把地分成一甲两甲,土地本身是没有分的,废耕就像把果树剪枝,别人的枝都长肥了,只有你这一枝败坏了。"

他还说明,农人与土地一样,久不耕作,人的技术与身体就逐渐败坏，一年以后，连搓草、插秧时，腰都弯不下去了，别说能把土地好好耕种。

这位在土地中耕作了四十年的农民，忧心地说："废耕的方式不是有什么不好，最大的坏处是使土地败坏，使人败坏，土地和人一样，一败坏，要好起来就难了。"

橱窗的结婚照

走过大型摄影公司的门口，总会看到几幅超大的结婚照。有的比真人还大，新郎新娘都像假人一样，摆出一种幸福而温馨的微笑。

那结婚照大得不成比例，那叫结婚摄影礼服公司的装潢也俗艳而失去美的准则，这一幅奇特的画面给我一种荒诞的感觉，仿佛他们的目的不是结婚，而是拍一组巨大而代表幸福的结婚照。

讽刺的是，结婚照拍得巨大美丽，并不能保证结婚的幸福。有一家摄影公司门口挂着一幅女星的结婚照，那女明星已离过三次婚，她脸上仍然挂着天真而幸福的微笑，还有许多夫妻，正在合摄的结婚照前，互相击打对方的脸颊或心灵。

有一位在摄影公司当摄影师的朋友告诉我："现代人婚姻太容易破灭，拍一组豪华的结婚照，以便双方分开后还能互相记得对方的脸孔。"

呀！一幅好的结婚照应该摆在哪里呢？结婚的时候应该把对

方摆在哪里呢？答案绝对不在橱窗上。

纸菊花的心情

有一次看到一朵纸做的菊花，手工精巧，真是像真的一样，甚至连用手触摸，都感觉那是一朵真的菊花，这对像我这样痛恨假花的人，真是一大考验。

我站着，凝视那朵菊花，寻找自己痛恨假花的原因，"假"的本身并不是令我痛恨的唯一因素，因为倘若像面前的纸菊花，它和真的一模一样，还有什么可以痛恨呢？

那么，究竟我为什么痛恨假花？

一个原因是，假花是没有心情的，它不能知道春夏秋冬的变迁，它也不能与蜂蝶对语，它不能反映土地或者时空的变化。

另一个原因是，假花没有旅程，它不能含苞，不能开放，不能凋零，不能与人和天地一样走一条兴谢的道路。

从那一朵纸菊花离开的时候，我知道了，人的失败、凋零、憔悴，在某一层次上是值得感恩的。

一天是一个青春

我们每天都挂在嘴上说青春，少年憧憬青春，青年挥霍青春，中年饱受青春的压力，老年人则只有回忆青春了。

青春！青春是什么呢？

辞典上说："春时草木滋茂，其色青葱，故曰青春。因用以喻少年。"这是最简单的解释了。

我觉得，不只是少年有青春，中年有中年的青春，老年有老年的青春，三岁小儿，也是青春。那是因为心情处在一种草木滋茂的春天，那时不管什么年纪，都有着青春。

没有青春的青少年也多得是。

我觉得，青春并不是一个时期，而是每天都是一个青春，有这么一天，我们身轻体健，心情柔和，充满了对人间的爱、渴盼与欢跃，那一天就是我们的青春。我们在一天里不能处在这样的峰顶，我们就算失去了一个青春了。

因此，在我的辞典里，青春更简单：

"日日是好日，就是青春。"

上山学剑

有一阵子，流行上山学剑，许多小学生受了武侠电影和漫画的影响，跑到深山去学武功或剑术，使大人们非常紧张。

我也是希望上山学剑的孩子。

虽然还不至于独自跑到无人迹的深山，也不曾从悬崖跃下，但每一次到了山上，总是梦想着在某一棵大树背后能遇见白发飘扬的高人，然后用一种诚恳而优美的姿势伏身下拜；每当走进一个无人的山洞，也会想这山洞是不是有一本秘笈、一珠灵丹，让人读了立即武功盖世，或让人吃了能刀枪不入？

我后来放弃了学剑的念头，是因为我想到：学了剑又能怎样？能飞天遁地刀枪不入又能怎样？

这样想时，使我在很小的时候就回到自己的内在，知道灵丹在心中，而自己就是一本武林秘笈。

人　箭

上下班时间，在人潮里等红绿灯最容易感受到作为人的茫然。

绿灯亮起，大家像全部铆足了劲的箭，同时向马路另一边射出，非常紧急，步伐零乱地通过了两岸引擎呼吼的马路，深恐在红灯亮起时还站在马路中央。

那时，我总有一种感觉，这些人真像箭一样，被射向一个流动的潮水里或一个复杂的森林里，每个人都这么渺小，它射出去的时候很少有人看见，它落地的时候也很少有人知道，它只是被推挤着，向前射去。

可叹息的是，如果这些人是箭，那么他们的弓呢？他们被什么力量所主掌？他们是不是对准了自己的方向呢？

他们是箭还不是悲哀的事，他们都失去了弓的所在，才是现代人最大的哀歌。

开顶陶俑

陶艺家做了一个形状怪异的陶俑，它和古代的陶俑没有太大的不同，头顶上却开了一个大口。

"你为什么给它开这么大的口呢？"我问。

"我希望它也和陶罐、陶瓮一样可以使用。"

"这样怪的陶俑，要用来做什么呢？"

"这可要看是什么人用了，沉迷酒的人可以用来盛酒，喜欢花的人可以插花，爱甜的人可以放蜜……甚至，可以做尿壶的。"陶艺家接着说，"但是要注意，陶土是有呼吸的，放过酒的就不能盛蜜了，因为酒的味道会永远存在里面。"

其实，人也像开顶陶俑一样，一个人要在胸腹间装什么都可以，但是一装进去就很难改变了，这就叫作"习气"。

恶习难去，所以慎乎始是多么重要！

五　愿

我希望：

我的心是广大的海洋，在波动中明净深湛。

我希望：

我的心是不动的山林，在崇高处花树青翠。

我希望：

我的心是温柔的月光，在宁静里澄澈细致。

我希望：

我的心是平坦的田园，在错落间单纯辽远。

我希望：

我的心是早晨的太阳，在旋转时温暖遍照。

真　理

如果我们不能勇于承认错误，就很难触及真理。

因为，错误与真理是孪生兄弟，正如欲望是人性的发条，感情是智慧的扳机，烦恼是菩提的开关一样。

人生里所有永不丧失理想的勇气，正是来自缺憾的面对；而所有登高望远的人，都曾走过绊脚的荆棘。

此所以，菩萨是人间的英雄，他永远站在第一线上，面对缺憾来寻找真实，并带我们走过失败的荆棘。

在菩萨的道路上，每一个错误都有意义，每一次失败都值得感恩。

浪　漫

对某些人来说，浪漫是必然。

对某些人来说，浪漫是偶然。

浪漫，是具有一些古典精神，一些理想的坚持，一些追求完美的特质，是希望在污泥秽地里开一朵白莲花，在无人所知的地方还能无怨地散放自己的芳香。

浪漫，在某些层次上就是天真烂漫，是有如赤子，保有纯真清白璞玉一样的心。是不计较一切得失，不因名利有所转动，有如白云飞翔在蓝天之上。

浪漫者必然会在这个世界受挫折，因为他想生活在蝴蝶飞舞、繁花盛开的花园，但这世界不是花园。

可是，一个缺少浪漫者的世界，会成为没有文明、没有梦想、没有创造力、单调乏味的世界。

舞　台

有一位巨大的人

太阳如他的水晶球

有一位更大的人

太阳如他的白玉坠

还有一位更大的人

太阳如他的珍珠戒

又有一位更大的人

太阳于他有如尘沙

在阳光下我常常祈愿

日光菩萨

请护念我

让我成为更大的人

中尉与中将

到金门访问，来接待我们的是一位中尉，年轻、英挺、俊美，谈吐优雅，办事利落。

同行的人都很欣赏他，有人说："你将来一定会升将军的。"

他说："我宁可做中尉。"

原因何在呢？

"做了将军，年纪也大了，时间、青春都没有了，所以，年轻时就梦想做将军，是对不起自己的青春。"他说，然后他讲出一段有智慧的话："每天好好做中尉的人，不一定会变成将军；不过，所有的将军都是做中尉时很努力的人。"

朝　颜

小路上，紫色的牵牛花开放了，羞赧，犹带着昨天黄昏的温柔。

牵牛花的藤蔓，在乡下简直是路一样，自由地、毫无忌惮地延伸。可是，不管它是多么纵情，在黄昏时就曲卷成一团，那时的牵牛花看起来不是睡着，而是害羞，因此也特别温柔。

如果我们不去思考生活，生活的简易就像牵牛花的开放，太阳升起时，有如微风吹翻了一张书页，日头落山时，则有如花朵飘下一片花瓣。

我们的念头像云一样，有时清朗如朝霞，有时缤纷如晚云，但不管飞得多远，总还在天空里。

看着牵牛花瓣缓缓地卷曲之时，我总是想，不要烦恼明天的事，只要天天努力地盛放也就好了。

花　市

早上的假日花市，比正在打折的百货公司还热闹，人声与笑语比花开得厉害。

各种颜色的花正以一种沉默的美丽来面对欣赏的人，这些花是农人天未亮时就从乡下载运进城，还带着山野的清气与田园的香味。它虽然沉默，给我的感觉是还站在高处俯望着人群，叶片上则处世不遇的泪水依然未干。

赏花的人为了挑选中意的盆花，也是一清早就来了，穿着比花的颜色更繁复的衣服，从水泥大楼流出来，带着昨日的忙碌与昨夜的宿醉，来这里寻找田园之梦与故乡的心情。

在都市的花市里，每朵花都是一个人，用许多美丽掩盖自己的心酸；每个人都是一朵花，用很多憔悴，追求一点点美丽。

这样，人与花有了相遇的惊艳，有了缘分，互相取悦，互相悲悯。

冻 霜

有一个闽南话的语词,我特别喜欢,那就是"冻霜"。

台湾人把吝啬者称为"冻霜",实在是非常高明的,因为冻霜讲出了小气的人之心理状态。

我们说一个人"小气""吝啬",或者广东人说的"孤寒",总只说中人的外在表现。"冻霜"却是由内而外的,因为里面冻了,外面才结成霜。一个人心里因对社会人群寒冷而结冻,表面才会成霜,就仿佛天寒了才霜降,不会平白有霜。

大地的霜会侵害作物,心地的霜则会损坏心灵。

要冻霜的人布施财物,不在于要他拿出钱来的动作,而在于要先解冻他的心。

叭啦不噜

每年在夏天,我总会怀念起一种声音:"叭啦不噜"。

"叭啦不噜"是从前在乡间卖冰淇淋的流动三轮车的声音,车上装着手按的喇叭,按下是"叭啦",放掉是"不噜"。

幼年在乡间,没有一家是有冰箱的,南部的夏天又很炎热,因此能吃到一点冰的东西是很享受的。在长长的夏季,我们总会在院子里乘凉，然后远远地听见一声"叭啦不噜"，心就整个清凉起来，如果口袋里正好有五角钱，就会雀跃无比，立刻冲去围着三轮车，买一丸"叭啦不噜"。

我在成年后，一到燠热夏天午后，常不自觉想起"叭啦不噜"的声音，一想起就仿佛听见，感觉到一丝清凉。

有一些生活的声音，虽然简单，却十分深刻，并带着沁透人心的力量。

心细如发

佛陀在经典里说过许多恶道（地狱、恶鬼、畜生）的情形，但有一个地方是佛陀很少提到的，就是阿鼻地狱，即是无间地狱、金刚地狱，也就是民间信仰说的第十八层地狱。

这个地狱是犯人杀父、杀母、杀阿罗汉、出佛身血、破和合僧五项极端罪恶的众生所坠落的地方，为什么佛很少提阿鼻地狱呢？

据说，在那个地狱的痛苦佛陀提也不忍心提，只要佛陀一提到阿鼻地狱悲惨的情形，慈悲的菩萨们听了都会伤心呕血、悲痛欲绝、心肝碎裂。

菩萨的心细如发由此可见一斑，唯有菩萨那样纤细、柔软、清亮如发的心，才能真实地感受众生所受的苦吧！

为什么菩萨能细微地感受生之苦呢？因为在菩萨眼中，所有的众生都是纯洁的，都不是活该受苦的，即使极端罪恶的众生也应该得到解救。

我们要学习菩萨，首先要学习把一切的人都看成是纯洁的，如果处处都看到别人的坏品性，时时生起嫌恶之心，就表示我们自己还不够纯洁，没有资格作为洗涤别人脓疮的溪水！

有情十二帖

前　生

前生，我们也是在这样的溪水畔道别的吧！

要不然，我从山径一路走来，心原是十分平静的，可是我看见这条溪时，心为什么如水波一样涌动起来？周围清冽的空气，使我感到一种不知何处流来的可惊的寒冷。

以溪水为镜，我努力地想知道，这条溪与我有着什么样的因缘？或者是，我如何在溪的此岸，看着你渐远的身影？或者是，同在一岸，你往下游走去，而我却溯源而上？

我什么都照映不出来，因为溪水太激动了。

这已是春天了呀！草正绿着，花正开着，阳光正暖，溪水为什么竟有清冷而空茫的感觉呢？

想是与久远的前生有着不可知的关系。

在春天的时候，临溪而立，特别能感觉到生命是一道溪流，不知从何流来，不知流向何处。

此刻的我，仿佛是，奔流的河溪中刚刚落下的，一片叶子。

流　转

在十字路口的古董店临窗的角落，我坐在一张太师椅上，立刻就站起来，因为那张椅子上还留着别人坐过的温度。

从小我就不习惯别人坐过的热椅子，宁可站着等那椅子冷了，才落座。尤其是古董椅子，据说这张椅子是清朝传下的，那美丽的雕花让我知道这不是平民的椅子，它的第一主人曾经是富有的人吧！

现在，那个富有的人，他的财富必然已经散尽了，他的身体一定也在时空中消亡了，留下这一组椅子，没有哭笑，在午后的阳光中静静的，几乎是睡着一般。

我在古董店转了一圈，好像与时空一起流转，唐朝的三彩马，明代的铜香炉，清朝的瓷器，民初的碗盘，有很多还完美如新。有一张八仙彩，新得还像某一个脸容贞静的妇女一针一针刺绣上去，针痕还在锦上，人却已经远去了，像空气，像轻轻的铜铃声。

在古董店，我们特别能感受时光的无情，以及生命的短暂，步出古董店时我觉得，即使在早春，也应珍惜正在流转的光阴。

山　雨

看着你微笑着，无声，在茫茫的雨雾中从山下走来，你撑着的花伞，在每一格石阶一朵一朵开上来，三月道旁的杜鹃与你的伞一样有艳红的颜色。在春雨的绵绵里，我的忧伤，像雨里的乱草缠绵在一起，忧伤的雨就下在我的眼中。

眼看你就要到山顶，却在坡道转弯处隐去了，隐去如山中的风景，静默。雨，也无声。

山顶的凉亭里，有人在下棋。因为棋力相当，两个人静静地对坐着，偶尔传来一声"将军"，也在林间转了又转，才会消失。

我看着满天的雨，感觉这阵雨永远也不会停。

你果然没到山顶上，转过坡道又下山了，我看着你的背影往山下走去，转一道弯就消失了，消失成雨中的山，空茫的山。

山雨不停，我心中忧伤的雨也一如山雨。

这阵雨永远也不会停了！看着满天的雨，我这样想着。

突然听到凉亭里传来一声高扬的：将军！

四　月

我最喜欢四月的阳光，四月的阳光不愠不火，透明温润有琉璃的质感。

四月的阳光，使每一朵花都是水晶雕成，在风里唱着希望之歌，歌声五色仿佛彩虹。

四月的阳光，使每一株草都是翡翠繁生，在土地写着明日之诗，诗章湛蓝一如海洋。

在四月的阳光中，我们把冬寒的灰衣褪去，肤触着遥远天际传来的温热，使我想起童年时代，赤身奔跑过四月的田野，阳光就像母亲温暖的怀抱，然后我们跳入还留着去年冬寒的溪里游水。最后，我们带着全身琉璃的水珠躺在大石上，水一丝丝化入空中，我们就在溪边睡着了。

在四月的阳光中，草原、树林、溪流、石头都是净土，至少对无忧的孩子是这样的。所以，不论什么宗教，都说我们应胸怀一如赤子，才能进入清净之地。

四月还是四月，温暖的阳光犹在，可叹的是我们都不再是赤子了。

石　狮

我们走过生命的原野时，要像狮子一样，步步雄健，一步留下一个脚印。

我们渡过生命河流之际，要像六牙香象，中流砥柱，截河而流，主宰自己生命的河流与方向。

我们行经生命的丛林小径，要像灰鹿之王，威严而柔和，雄壮而悲悯，使跟随我们的鹿群都能平安温饱。

这些都是佛经的譬喻，是要我们期许自己像狮子一样威猛，像香象一样壮大，像鹿王一样温和庄严。当我们想起这几种动物，真有如自己站在高山顶上，俯视着莽莽的林木与茫茫的草原，也有那样的气派。

狮子是文殊师利菩萨的坐骑，白象是普贤菩萨的坐骑，都极有威势的护法，尤其是狮子更是普遍，连民间一般寺庙都是由狮子来护法的。

今天路过一座寺庙，看到门前的石狮子有不同的表情，几乎是微笑着的，然后我想起每座寺庙前的狮子，虽是石头雕成每只的表情都有细微的不同。

即使是石狮子，也是有心的，特别是在温馨的五月清晨的微风之中。

欢　喜

黄山谷有一天去拜访晦堂禅师，问禅师说："禅宗的奥义究竟是什么？"

晦堂禅师说："《论语》上说'二三子，以我为隐乎？吾无隐乎尔。'禅对你们也没有什么隐藏，这意思你懂吗？"

黄山谷说："我不懂。"

然后，两人都沉默了，一起在山路上散步，当时，木樨花正开放，香味满山。

晦堂问："你闻到香味了吗？"

"是，我闻到了！"黄山谷说。

"我像这木樨花香一样，没有隐瞒你呀！"禅师说。

黄山谷听了，像突然打开心眼一样开悟了。

是的，这世界从来没有隐藏过我们，我们的耳朵听见河流的声音，我们的眼睛看到一朵花开放，我们的鼻子闻到花香，我们的舌头可以品茶，我们的皮肤可以感受阳光……在每一寸的时光中都有欢喜，在每个地方都有禅悦。

我曾在一个开满凤凰花的城市住了三年，今天看到一棵凤凰花开，好像唱着歌一样，使我的眼耳鼻舌身意都洋溢着少年时代的欢喜。

院 子

农村里的秋天来得晚，但真正秋天来的时候都很写意的。

首先感觉到的是终于有黄昏的晚霞了，当河边的微风吹过，我们背着沉重的书包回家，站在家前院子往远山看去，太阳正好把半天染红；那云红得就像枫叶，仿佛一片一片就要落下来了。于是，我常常站在院子里就呆住了，一直到天边泼墨才惊醒过来。

然后，悬丝飘浮的、带着清冷的秋灯的、只照射自己的路的萤火虫，不知道是从河的对岸或树林深处来了，数目多得超乎想象，千盏万盏掠过院子，穿过弄堂，在草丛尖浮荡。有人说，萤火虫是点灯来找它前世的情缘，所以灯盏才会那么的凄清闪烁，动人肝肺。

最后，是大人们扇着扇子，坐在竹椅上清喉咙："古早、古早、古早……"说着他们的父亲、祖父一直传说不断忠孝节义的故事，听着这些故事，使我觉得秋天真是温柔，温柔中流着情义的血。我们听故事的那个院子，听说还是曾祖父用石块亲手铺成的。

秋天枫红的云，凄凉的萤火，用传说铺成的院子在闪烁，可惜现在不是秋天，也找不到那个院子了。

有 情

"花，到底是怎么样开起的呢？"有一天，孩子突然问我。

我被这突来的问题问住了，我说："是春天的关系吧。"

对我的答案，孩子并不满意，他说："可是，有的花是在夏天开，有的是在冬天开呀！"

我说："那么，你觉得花是怎样开起的呢？"

"花自己要开，就开了嘛！"孩子天真地笑着，"因为它的花苞太大，撑破了呀！"

说完孩子就跑走了，是呀！对于一朵花和对于宇宙一样，我们都充满了问号，因为我们不知它的力量与秩序是明确来自何处。

花的开放，是它自己的力量在因缘里的自然展现，它蓄积了自己的力量，使自己饱满，然后爆破，有如阳光在清晨穿破了乌云。

花开是一种有情，是一种内在生命的完成，这是多么亲切

呀！使我想起，我们也应该蓄积、饱满、开放、永远追求自我的
完成。

炉　香

有一天，一位老太太问赵州从谂禅师："怎样去极乐世界呢？"

赵州说："大家都去极乐世界吧！我只愿永远留在苦海。"

我读到这里，心弦震动，久久不能自己，一个已经开悟的禅
师，他不追求极乐，而希望自己留在与众生相同的地方，在苦海中
生活，这是真实的伟大的慈悲。就好像在莲花池边，大家都赶来看
莲花，经过时脚步杂乱，纸屑满地，而他只愿留下来打扫莲花池。

抬起头来，我看见案前的檀香炉，香烟袅袅，飘去不可知的远
方，香气在室内盘绕不息。这烟气是不是也飘往极乐世界呢？可是
如果没有香炉的承受，接受火炼，檀香的烟气也不可能飞到远方。

赵州正是要做那一个大香炉，用自己的燃烧之苦来点灯众生
虔诚的极乐之向往。

我也愿做烧香的铜炉，而不要只做一缕香。

天　空

我和一位朋友去参观一处数有年代的古迹，我们走进一座亭
子，坐下来休息，才发现亭子屋顶上许多繁复、细致、色彩艳丽

的雕刻，是人称"藻井"的那种东西。

朋友说："古人为什么要把屋顶刻成这么复杂的样子？"

我说："是为了美感吧！"

朋友说不是这样的，因为人哪有那么多的时间整天抬头看屋顶呢！

"那么，是为了什么？"我感到疑惑。

"有钱人看见的天空是这个样子的呀！缤纷七彩、金银斑斓，与他们的珠宝箱一样。"这是我第一次听见的说法，眼中禁不住流出了问号，朋友补充说："至少，他们希望家里的天空是这样子，人的脑子塞满钱财就会觉得天空不应该只是蓝色，只有一种蓝色的天空，多无聊呀！"

朋友似笑非笑地看着藻井，又看着亭外的天空。

我也笑了。

当我们走出有藻井的凉亭时，感觉单纯的蓝天，是多么美！多么有气派！

水因有月方知静，天为无云始觉高。我突然想起这两句诗。

如 水

曾经协助丰臣秀吉统一全日本的大将军黑田孝高，他善于用水作战，曾用水攻陷了久攻不下的高松城，因此在日本历史上有"如水"的别号，他曾写过《水五则》：

一、自己活动，并能推动别人的，是水。

　　二、经常探求自己的方向的，是水。

　　三、遇到障碍物时，能发挥百倍力量的，是水。

　　四、以自己的清洁洗净他人的污浊，有容清纳浊的宽大度量的，是水。

　　五、汪洋大海，能蒸发为云，变成雨、雪，或化而为雾，又或凝结成一面如晶莹明镜的冰，不论其变化如何，仍不失其本性的，也是水。

　　这《水五则》，也就是"水的五德"，是值得参究的，我们每天要用很多水，有没有想过水是什么？要怎样来做水的学习呢？

　　要学习水，我们要做能推动别人的、常探求自己方向的、以百倍力量通过障碍的、有容清纳浊度量的、永不失本性的人。

　　要学习水，先要如水一般无碍才行。

茶　味

　　我时常一个人坐着喝茶，同一泡茶，在第一泡时苦涩，第二泡甘香，第三泡浓沉，第四泡清洌，第五泡清淡，再好的茶，过了第五泡就失去味道了。

　　这泡茶的过程令我想起人生，青涩的年少，香醇的青春，沉重的中年，回香的壮年，以及愈走愈淡、逐渐失去人生之味的老年。

我也时常与人对饮，最好的对饮是什么话都不说，只是轻轻地品茶；次好的是三言两语，再次好的是五言八句，说着生活的近事；末好的是九嘴十舌，言不及义；最坏的是乱说一通，道别人是非。

与人对饮时常令我想起，生命的境界确是超越言句的，在有情的心灵中不需要说话，也可以互相印证。喝茶中有水深波静、流水喧喧、花红柳绿、众鸟喧哗、车水马龙种种境界。

我最喜欢的喝茶，是在寒风冷肃的冬季，夜深到众音沉默之际，独自在清静中品茗，一饮而净，两手握着已空的杯子，还感觉到茶在杯中的热度，热，迅速地传到心底。

有如人生苍凉历尽之后，中夜观心，看见，并且感觉，少年时沸腾的热血，仍在心口。